U0602946

美型骑士团
星辰王女

The pretty

knights the queen

of

the stars

松小果 著

天津出版传媒集团
天津人民出版社

图书在版编目（CIP）数据

美型骑士团·星辰王女 / 松小果著. -- 天津 ： 天津人民出版社，2017.3（2020.3重印）
ISBN 978-7-201-11425-5-01

Ⅰ．①美… Ⅱ．①松… Ⅲ．①中篇小说－中国－当代
Ⅳ．①I247.5

中国版本图书馆CIP数据核字(2017)第029897号

美型骑士团·星辰王女
MEIXING QISHITUAN · XINGCHEN WANGNÜ
松小果 著

出　　版	天津人民出版社
出版人	黄　沛
地　　址	天津市和平区西康路35号康岳大厦
邮政编码	300051
邮购电话	（022）23332469
网　　址	http：//www.tjrmcbs.com
电子信箱	reader@tjrmcbs.com

责任编辑	玮丽斯
特约编辑	袁　卫
装帧设计	杨思慧
责任校对	曾乐文

制版印刷	三河市华东印刷有限公司印刷
经　　销	新华书店
开　　本	660毫米×960毫米　1/16
印　　张	14
字　　数	174千字
版权印次	2017年3月第1版　2020年3月第2次印刷
定　　价	39.80元

"嘀嘀嘀——"

挂在墙上的时钟发出整点播报的声音，我把最后一口鸡蛋三明治塞进了嘴里，放下了手中的教科书，拿起书包向大门口走去。

"奶奶，我去上学啦！"我一边走，一边不忘跟还在卧室的奶奶打着招呼。临关门前，我看了看挂在墙上的时钟——刚好7点整。

我叫夏小鱼，是橙光学院创办以来，唯一一个以全科满分入学的学生，目前跟奶奶一起生活。

我这个人最大的爱好是看参考书；最喜欢的游戏就是做参考题，每攻破一道难题的时候，就是我一天最开心的时刻；人生的目标是考上一所好大学，然后进入大公司，经过一番成人的挣扎与伤痛之后，站在金字塔的顶端，指挥着自己的下属开创新的时代；最讨厌的事情就是在做题目的时候被人打扰，比如说，现在——

"就像大家所看到的这样，今天有消息传来……"

"观众朋友们，据说守护城市和平的星光守护使不久前在这里出现……"

"那么到底是不是这样呢？让我们拭目以待……"

平时通往学校的安静的小路上，突然出现了一大群人，他们有的拿着望远

镜看着天空，有的则拿着话筒对着摄像机哇啦哇啦不停地说着话。

我皱着眉，厌恶地看着周围突然出现的人群。

真讨厌，从吃早餐开始解的一道参考题，眼看着就要有点儿头绪了，却偏偏在这个时候被打断了。

这群智商不超过85的人到底想要做什么？

"星光守护使真的出现了吗？"

"那当然，我看得清清楚楚！守护使脚踩高跟鞋，头戴羽毛面具，身穿迷你裙，就在前面那棵树那里……对，就是那里，她一脚把一个背上长翅膀的家伙踹进了水沟！"

"观众朋友们！太好了，我们找到了目击者！接下来我们听听目击者的描述吧。"

原本站在我面前，犹如拦路大山一样的胖嘟嘟的摄像师，突然扛着巨大的摄像机快速地向我转了过来，而瘦得像猴子一样的记者灵活地从他身边钻了出来，迅速冲到我身边那两个聒噪不已的人面前。

"啪啪啪——"

我顿时感觉额角的青筋冒了出来。

这种状况可真是让人暴躁！

好想把看过的教科书往他们脸上拍过去，然后把他们丢进世界难题库里……

"我看到了！星光守护使还跟我30年前看到的她一模一样呢！"

"30年前？贵庚啊，大叔？"

听了那个大叔的话，周围一片惊呼之声。

"你们不相信啊？我听我爷爷的爷爷说，他小时候也见过星光守护使。我爷爷的爷爷听他爷爷说，星光守护使是守护我们星空城的神秘英雄，没人知道她是谁，也没人知道她长什么样，但是每当城市安全受到威胁，她都会挺身而出……"

说话的大叔带着一种考试得了第一名、向周围同学分享考试心得的自豪表情，滔滔不绝地说着。

"啊！这个我也知道，好像说星光守护使守护这个城市已经300多年啦！"

"啊——那不就是一位很老很老的老奶奶了！"

……

听到那些人的话，我的嘴角忍不住抽搐了一下。

300多岁？还能穿着高跟鞋和超短裙在半空中跑跑跳跳地打败敌人？

你们是没用的漫画看多了，还是生物课都是体育老师教的？

真是太悲惨了！被人堵在路上不能做参考题就算了，还得被迫听这些人说着不符合生物学的臆想！

多年来让我引以为豪的知识储备，让我忍不住想要开口反驳他们，可是话还没有来得及说出口，就被人打断了。

"就算有300岁，她也一定是运用了什么神秘的力量让自己长生不老！"一个穿着我们学校校服的女生抢过呆立在一旁的主持人的话筒，站在摄像机前故作深沉地说道，还像名侦探柯南一样捏住了自己的下巴做沉思状。

"我觉得星光守护使并不是一个人，而是某个组织的代号！"

另一个女生也挤到摄像机前，一边眨着眼睛，一边把一只手放在嘴边比了一个剪刀的姿势。

"是神秘力量！"前一个女生将后一个女生挤到一边，想霸占住摄像机的摄影范围。

"是神秘组织！"被挤走的女生干脆抱住了摄像头，把它转向自己。

"喂，我们在直播，别闹了……"想找回存在感的记者连忙拿着麦克风上前劝架。

"神秘组织！"

"神秘力量！"

"组织！"

"力量！"

好无聊！

我看着眼前已经乱成一团的人，默默退后一步，然后从书包里掏出一本参考书。

嗯，我记得有一道题有3种算法，而我只写出了两种，既然这样，我就趁他们吵架的时候抓紧时间试试别的方法吧……

"看来大家的讨论很激烈啊，不过好像一时也分不出胜负，不如我们来问问别人的看法好了……"

我在不经意间听到那个瘦弱的主持人这样说道。

太棒了！你快点儿去找别人！这样我才能安静地做题。

"这位同学……"

怎么还不走？

"你就算找别人，结果也一定是神秘力量！"

"才不是，有点儿智商的人一定会认为是神秘组织！"

"这位同学，请问你……"

"喂，你说是不是这样？"

突然，我的身体被重重推了一下，紧接着，我的参考书一下子脱离了我的"掌控"，在空中划过一道弧线，掉落在不远处一个积了水的小水洼里。

我的书！

"这本书我才看到一半，里面很多内容都是我之前没有接触过的……"

愤怒的情绪在我心中暴涨。

你们挡住我的去路也就算了！

你们这么聒噪我也忍了！

我……

"同学，你说什么，能大声一点儿吗？"

就在这时，一支黑色的麦克风出现在我的面前。

"我在乎的是我的时间！难道你们不知道吗？10分钟不做参考题，大脑就会退化！我的时间跟你们这些大脑退化的人的时间是不一样的！而且！我的书！那可是我花高价抢到的限量版参考书，全市才售100本！居然就这样掉进了水里！"

我拿着麦克风，狂躁地吼完，然后又把它塞回完全处于石化状态的主持人手中，再也不去看那些智商如同草履虫一般的人。

哼，女神算什么，又不能让我在这次年级考试中得第一名！

远离人群之后，我不由得长叹了一口气。

为什么大家都喜欢把时间浪费在这种无聊的事情上面呢？

泡了污水的参考书面目全非，已经没法看了，我只好抱着侥幸心理想：也许我运气好，可以在学校图书馆借到一模一样的。

既然这样，那我今天就再多做几道练习题，当作对那本书的哀悼好了……

"小鱼——"

就在我还在思考着今天要做哪本参考书上的习题时，身后传来了一个令我毛骨悚然的声音。

我愣了一下，不由自主地加快了脚步。

今天怎么这么倒霉，不但参考书被人弄坏了，还遇到了最不想看到的人——息九桐暮。

这个家伙为了报复身为年级第一的我，处处跟人说是我的好朋友。但是所有人都知道，我这个年级第一的天才少女，怎么会跟一个有着五彩头发、大脑永远都跟身体脱节、每次考试都吊车尾的家伙成为朋友？真是连站在他身边都觉得自己会变笨啊……

"小鱼不好了！"息九桐暮一边喘着粗气，一边朝我狂奔过来。

听着他这明显有语病的话，我忍不住停下脚步，纠正道："息九桐暮，我很好。"

"呼——不……不好……"几步就跑到我面前的息九桐暮双手撑着膝盖，喘息着说。

看着他五颜六色的头发，我握紧了拳头，心里默默计算着从这个角度要用多大的力气才能把这个家伙打成真正的白痴。

"我很好，谢谢！"强忍住心中的渴望，我从牙缝中挤出了这几个字。

真是的，息九桐暮这个家伙一天不跟我吵架就浑身不舒服吗？

"不……不是你……"缓过气来的息九桐暮一脸凝重地说，"是你奶奶……"

奶奶？

听了他的话，一种不安的情绪在我心中升起。

"奶奶？奶奶怎么了？"我一把抓住息九桐暮的衣领，逼问道。

"奶奶晕倒在路上，现在在星空医院……"

星空医院？

息九桐暮的话像一道响雷般，不停在我耳边轰鸣着。

奶奶明明早上还好好的……

不对！今天奶奶给我准备好早餐以后，就进了房间，也许，那时候她就已经不舒服了，而我却满脑子都是练习题，根本没有去关注她……

我一把扯下书包，塞进息九桐暮的怀里："帮我请假，我要去医院。"

奶奶不会有事的！不会的！

在医院的过道里，我一边找着奶奶所在的病房，一边在心里默默祈祷着。

1507病房。

我看着挂在门上的金属牌，迟迟不敢推门进去。

虚掩着的门内，传出了仪器嘀嘀的声音。

身边人来人往，我却觉得一切都离我很远，我的眼睛只能看到病床的床沿，耳朵只能听到那一声声机器的鸣叫。

我努力克制住心中的恐慌，推开了那扇门。

白色的病床上，平时精力充沛的奶奶，此时双眼紧闭躺在那里，一动也不动。幸好她微微起伏的胸膛还有床头发出嗤嗤声响的呼吸机，证明奶奶此时只是在休息。

"对不起，奶奶……我早上走的时候，应该看看您的……"我快步走到床边，轻轻地跪下，握住了奶奶冰冷的手。

"快点儿好起来，好吗？只要您愿意重新健康起来，我保证每天把鸡蛋三明治里的培根留给您，也不会跟您抢电视节目看了……"

我把脸轻轻贴在奶奶的手上，眼泪不自觉地往下流。

"你真的……什么都听我的？"

一个声音在我头顶响起。

"嗯。"我下意识地点头。

"那你先去把门关上……"那个声音说。

我傻傻地站起身，走过去把门关上。

我转过身的时候，原本应该躺在床上休息的奶奶，此时却坐在病床上，双

目有神地看着我。

"啊！奶奶！您醒了？"我后知后觉地说。

"小鱼，过来，奶奶有件事情要告诉你。"奶奶用我在这短短十几年人生中听过的最严肃的口吻对我说道。

"扑通。"我的心狠狠地跳动了一下。

"奶奶，如果您是想告诉我存折密码之类的，我宁愿不知道！"看着这样的奶奶，以前看到过的电视剧情突然都出现在我的脑海中。在电视剧里，每当家里的亲人用这种口气跟你说话的时候，一定不会有什么好事发生。

"小鱼……"

"我不听，我不听，我不听！"我捂住了耳朵。

"啪——"

一只拖鞋狠狠地打在了我的脑袋上。

"给我醒醒！你以为你是在演偶像剧吗？真是的！明明遗传了我的智慧，怎么有时候还是这么蠢！哎哟，真是被你气病了……"奶奶中气十足地说完之后，就捂住了胸口，还夸张地喘着气。

"奶奶，您不是得了绝症吗？"我疑惑地看着她。

"是啊……哎哟——其实我病得很严重……"奶奶一边说着，一边颤巍巍地重新躺下，"所以，奶奶有一件事情一定要拜托你接手，不然我都没办法去面对你在天国的爷爷……"

"什么事啊？"看着突然变得神秘兮兮的奶奶，我不自觉地向她靠近，压低声音问道。

　　奶奶用手在枕头下摸索了一阵，然后拿出一支粉红色的钢笔一样的东西："这是星空权杖。"

　　"啊？"我看了看钢笔，又看了看奶奶。

　　"我就是星空守护使。"

　　"啊？"

　　"我们星空王族的使命就是守护城市的和平。"

　　奶奶说话的时候微闭着眼睛。透过落地玻璃投进来的阳光照在病床上，使说这话的奶奶显得格外神圣。

　　我伸出手，摸了摸奶奶的额头，又摸了摸自己的。

　　不好啦，医生！她居然以为自己是星空守护使！

　　我转过身，想向门外的医生求助。

　　"回来！"奶奶在我身后大喊一声。

　　我不情愿地转过身，却惊恐地发现，奶奶所在的位置，被一团柔和的金色光芒包围了。接着，从渐渐淡去的金色光芒中，伸出了一支镶嵌着星星宝石的权杖，接着，走出了一位银色长发、戴着羽毛面具、身穿短裙、脚踩10厘米高跟鞋的人。

　　面具遮盖了她的面容，但是那双顾盼生姿的眼睛，还有涂着鲜红唇膏、形状优美的嘴唇，无一不在昭示着她的美貌。

　　等等。

　　面具、短裙、高跟鞋……

　　星光守护使？

我揉了揉自己的眼睛。

"小鱼，你现在还不相信吗？"星光守护使一只手握着权杖，一只手轻轻抚上自己的嘴唇。

"你……"我吞了口口水，看着她，问道，"你把我奶奶弄哪儿去了？她只是个精神气足、嗓门大的小老太太，对这个城市一点儿威胁也没有……"

"夏小鱼！"星光守护使咬牙切齿地用权杖敲打我的脑袋，"我都在你面前变身了，你还不相信吗？"

话音刚落，星光守护使面前噗地升起白烟，白烟散去后，出现在我面前的是依然穿着病号服的奶奶，她手中握着那支浮夸到极致的粉红色钢笔。

我的奶奶……居然会变身？还是别人口中说的活了300多年的妖精……

我觉得自己好像发烧了，看到了好多莫名其妙的幻象。

"小鱼，你必须接手我的事业。"奶奶一边严肃地说，一边将钢笔塞到我手中。

手中冰冷的触感告诉我，这并不是幻觉。

"不要。"我冷着脸把钢笔塞回奶奶手中。

"为什么！会变身不是每个少女的梦想吗？你不应该在听完我的陈述之后，毅然决然地扛起守护这个城市的责任吗？"奶奶激动地说。

"有守护城市的时间，我还不如多写几道练习题……"我没什么兴致地说，"再说，守护城市不是还有奶奶吗？"

"做练习题有什么好玩的！"奶奶看着我，一脸恨铁不成钢的样子。

"守护城市也不好玩啊！"我不甘示弱地堵回去。

"哎哟……我胸口疼……如果你不答应，我就一病不起！"奶奶一边说着，一边哼哼唧唧重新爬上了床。

一个刚表演完变身的战斗力爆表的星空守护使，现在居然病弱成这样，太侮辱我的智商了吧！

我轻轻哼了一声。

"奶奶，如果您胸口疼，建议您把手往上面移一下，您捂的那个地方，叫十二指肠……"

"哎哟，我本来想给新上任的星光守护使奖励——一本艾克斯的课堂笔记的……"奶奶头也不回，哼哼唧唧地说道。

"艾克斯？"我听到这个名字，心止不住地跳动了一下。

"没错，就是那个艾克斯！唉，我又不喜欢做习题，丢了好可惜。这一本还是他本人送给我的……"奶奶继续说道。

艾克斯学长！我的偶像！这个人在多年前的全国考试上创造了总分第一的纪录，并且至今无人打破！

他的笔记对我来说可是无价之宝啊！

"唉，其实成为星空守护使也不用每天都守卫城市，大部分时间还是可以做做练习题，看看参考书什么的……"

是这样吗？

"只要某人点点头，这本超级珍贵的私人笔记就能到手了，世上仅此一本。"

偶像的笔记本！

全世界只有一本！

好想知道偶像在课堂上是怎么做笔记的，有什么窍门没有？还有偶像都做了哪些练习题？好想知道！

"好……我答应你……"我的嘴巴先于我大脑的反应，说出了这句话。

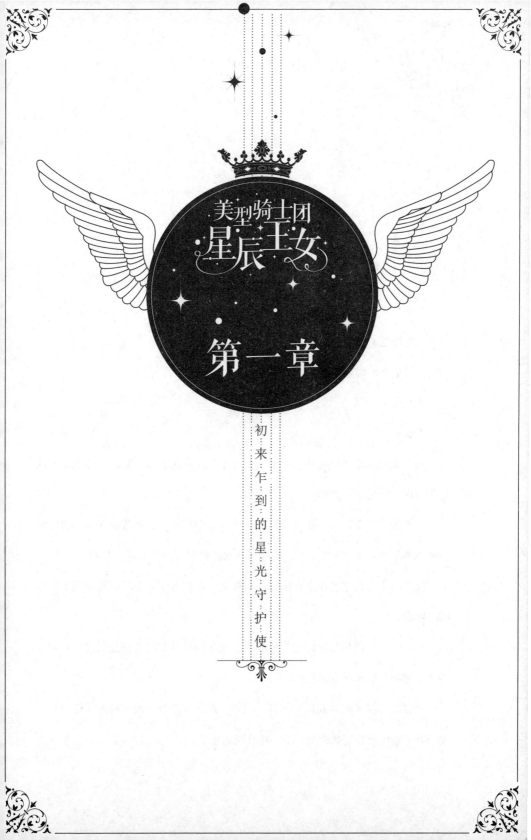

美型骑士团
星辰王女

第一章

初来乍到的星光守护使

"星光守护使变身！"

"芝麻芝麻快变身！"

"胡萝卜、青椒最讨厌！"

"变身……"

"变……"

因为成为星光守护使必须先学会变身才行，我强忍住羞耻感，在奶奶面前喊着让我觉得无地自容的口令。

"奶奶，我觉得……我可能没办法成为星空守护使。您看我居然都没办法变身……"在第56次失败之后，我嘴上无比遗憾地说着，心里却乐开了花。

我没有那什么守护使的血统好，这样我就可以省下好多时间看参考书、做练习题啦！

"呵呵。"奶奶笑眯眯地看着我，"这是每任守护使必须经历的过程啊！需要有某种契机才能启动权杖。"

"那要怎样才能遇到那个契机？奶奶，您就不能告诉我变身的咒语吗？"我干脆一屁股坐在奶奶的病床上，抱住奶奶撒娇。

"可是，我的变身咒语并不是你的变身咒语啊！"奶奶捏了捏我的脸，无辜地说。

"可是我不知道咒语就不能变身，不能变身就当不了星光守护使啊！"我推了推眼镜，努力把眼睛睁得大大的，这样就可以扮无辜了。

"呵呵——"奶奶捂着嘴笑了起来，"我认识的夏小鱼，可不是一个会为了一道难题，而向别人要答案的人！"

"那是当然的！"听了奶奶的话，我心中充满了骄傲，"难题一定要自己攻破才有成就感啊！"

"你一定要记住，属于你的咒语，一直在你心里。"奶奶的表情突然变得温柔起来，她抓着我的手，放在我心脏的位置。

"我的心？"我低下头，看着自己的手。

"是啊，想当年，我也像你一样，从我的奶奶那里继承了星光守护使的王冠，但是并不知道口令。一天，我在放学路上遇到了魔族袭击，在逃跑的时候却遇到了你爷爷。你爷爷挺身而出帮助我的时候，我终于感受到了咒语的召唤，顺利地变身了。你爷爷都惊呆了……"

"然后，你爷爷就……天天跟我待在一块儿啊……"

"哎呀，好害羞……"

看着已经完全陷入少女时期回忆的奶奶，我面无表情地挪到了离她远一点儿的地方。

唉……我对爷爷奶奶的爱情罗曼史一点儿都不感兴趣，听她说这些，我

宁愿去看一本已经看过8次的低年级的参考书……

我将那支钢笔一样的权杖塞进我的衣服口袋，站起身："奶奶，既然身体不舒服，那就好好休息吧，我不打扰您了。"

没等奶奶回答，我便直接推门而出。

真是够了！能承担点儿"传道解惑"的责任吗？遇到这种事情，"前辈"不是应该多多传授经验，帮助新人顺利变身吗？为什么最后会以奶奶的"夕阳下的回忆"告终啊！

"真是的……太靠不住了！"我深深叹了一口气。

想想今天早上知道奶奶住院以后焦急的心情，还有现在自己的全新身份，我觉得大脑都没办法运转了。

既然已经拜托了息九桐暮帮我请假，今天就在家自己做习题好了。

这样想着，走出医院后，我朝家里的方向走去。

早知道是这样，书包就自己背着了，这样回家的路上还能做做练习题打发时间……

"呼——幸好奶奶不是真的生病了！"

我推了推脸上的眼镜，抬头看了一眼蓝色的天空，心中的一块石头终于落地了。

"唰——"

一道黑影突然在空中快速闪过。

咦？是我眼花了吗？

我揉了揉眼睛，继续看着天空。

"唰唰唰——"

又有几道影子闪过。

超人？还是外星人？

最后一个黑影闪过的时候，我清楚地看到，它冲进了马路对面的树林里。

会是什么呢？

如果真是外星人就好了，这样我就能跟它们谈谈，看能不能给我一本外星人的参考书……

我快步走向黑影消失的地方，拨开灌木，一路小心查看着。

"参考书，参考书……外星人的参考书……"

追着外星人的身影，我一路向树林内部走去。

之前还算明亮的树林，到了深处竟然变得暗了起来，大树繁茂的枝叶将天空挡得严严实实的，只有零星的一点儿光线从缝隙中照下来，斑斑点点的。

四周都静悄悄的，甚至连虫子的声音都没有，有的，只有我走路时脚踩着陈年积叶发出的断裂声，还有开始有点儿不安的心跳。

"外星人，其实你们是好的外星人吧？你们一定会给我参考书的对不对……"我一只手捂住自己的胸口，一边安慰自己。

"可是找了这么久都没看见，是不是已经回它们的星球去了？"眼看着就要走到树林更深的地方，我心里有了一丝不安。

"比起外星人的参考书，我觉得迷失在树林里，以后看不到参考书更加可

怕啊……"我自我安慰着，然后转过身，看向来时的路。

左边是树，右边还是树。

周围都是树！

所以说，我到底是怎么走到这里来的？

"唰——"

就在我打算放弃的时候，又有一道黑影从我身边飞过，而这次的黑影，明显要比之前的那几道黑影慢了许多。

"愚蠢的人类啊，快点儿臣服于我卡巴斯基·塞巴斯蒂安·安塞思·卡瓦卡瓦·诺娜里·瓦尔撒·拉丁大王的石榴……不对，西装裤下！"

"不对啊，大王你穿的也不是西装裤啊！"

"烦死了，电视上又没有我穿的裤子的款式，我怎么知道他们要拜倒在本王什么裤子下面啊！真是的，等本王征服世界之后，第一件事就是要召集全世界最好的制作团队，给本王拍摄一个缠绵悱恻的自传……"

前面不远的地方突然传来了说话的声音，这让我精神一振。

我加快了脚步，向声音发出的地方跑了过去。

"对不起，打扰你们排练了！我迷路了，你们能——"拨开挡住视线的灌木丛后，我看见了一群带着动物头套的人，他们都披着黑红两色披风，穿着黑袍子，最显眼的那个人头上还戴着一个有着独角的头盔。

不知道是不是头盔太重了，站着的那个人身后还站着两个戴着青蛙头套的人，帮他撑着脖子。

"扑哧——你们能告诉我树林的出口吗？哈哈哈——"我推了推眼镜，捂住肚子笑了起来，"你们这个话剧看上去很有意思，会公演吗？请务必告诉我剧目名字，我一定会去看的！"

所有的目光都向我集中过来。

"嗯——"我不好意思地向后退了一步。

"你都听见了？"戴头盔的那个人瓮声瓮气地问我。

"啊……对不起，我不是故意要偷听的……我是因为迷路……我马上就走……"我有些内疚地向他们道歉，"我向你们保证，一定不会向别人透露剧情的！"

也许他们是为了保密，所以才在这么偏僻的地方排练吧。

"哎呀，讨厌！本王就说不要排练的！你们看，现在被人听去了吧！好害羞！"戴头盔的人突然抱着头盔，娇羞地嚷嚷起来。

我不禁打了个寒战。

听声音……他应该是个男孩子吧？

一直"本王、本王"地自称，还穿得这么奇怪……

难道……他们根本不是什么所谓的话剧社成员，而是一群刚从医院跑出来的精神病人？

我再一次仔细观察起眼前这些穿着奇装异服的人，心中这个想法愈发坚定起来。

"那个，打扰了……其实你们不送我出去也没关系……我觉得这里环境安

静，挺适合看参考书的……呵呵，再见……"

我一边说着，一边挪动着步子慢慢往后退。

"那边的人类！"

戴头盔的人明明离我很远，但是在这一刻，他的声音却好像就在我耳边响起。

接着，我还没回过神来，就看到了他离我超级近的、被铁质面具挡住的"脸"。

"没有经过我同意，你想去哪里？"头盔男在我耳边轻轻说道。

虽然他的声音不大，我却感受到了无限的压力。

"既然来了，就成为本王降临人界的第一个祭品吧！"

什么祭品啊？果然是个精神病人！

我想逃开，却惊恐地发现，我的身体像被灌注了速干水泥一样，一动也不能动。

接着，那个头盔就在我眼前，慢慢地升到了半空中。

等一下，他身边明明没有任何道具，他是怎么做到的？

我震惊地看着他，简直不敢相信自己的眼睛。

他的脚下翻滚着黑色的浓雾，身上的披风也在没有风的情况下缓缓鼓动着。而他的脚下，那一群头戴动物头套的人，也动作一致地站着，喉咙里发出了咕噜咕噜的响声。从他们口中冒出的黑色浓雾缓缓上升，最终与头盔男脚下的黑雾汇集。

"这……"

这太神奇了!

虽然心中无比害怕,但我只能强自镇定地看着这一切。

这一定是在拍电影,他身上肯定有我看不见的道具!

魔术不是能把一栋大楼变没吗?

一定是这样的!

"愚蠢的人类啊,快点儿臣服于我卡巴斯基·塞巴斯蒂安·安塞思·卡瓦卡瓦·诺娜里·瓦尔撒·拉丁大王的西装裤下……"

头盔男又说出了我最初听到的那句话。

"红色的月亮自魔界升起,我将献上第一个祭品……"

头盔男的话音还没落下,我就惊恐地发现,我的身体也违背了物理学,凭空缓缓上升。

我想大声喊救命,却发现自己不但身体不能动弹,甚至连声音都没办法发出来。

原来真的不是表演特技!

等等!他口中说的"祭品",不会是我吧?

不要啊!

救命!

谁来救救我！

头盔男手中慢慢聚集起一个红色的光球，那个光球在脱离他的手之后，飞快地向我射过来。

好后悔！

早知道这样，我就不要什么外星人的参考书了。甚至在更早以前，我应该听奶奶讲她跟爷爷的罗曼史……

红色的光球离我越来越近，我绝望地闭上了眼睛。

要是奶奶发现我失踪了，会有多难过？

还有息九桐暮，我甚至没有跟他说一句"谢谢"，谢谢他成为我唯一的朋友。虽然他智商很低，但是这么久以来，唯一肯待在我身边，不嫌弃我性格怪异的，也就只有他了，虽然他有很大可能是想抄我的作业……如果能活下去，我一定会答应跟他做朋友……

"镜像反射——"

就在我悲观地回顾我除了练习题之外少得可怜的人生经历时，一个声音将我拉回了现实。

一道银色的光芒出现在我的面前，将红色的光球挡住，接着，一个黑影将我推向了一边。

"好痛……"

我从半空中摔落在地。我一边摸着摔疼的部位，一边呻吟出声。

然后，我忽然发现了一件事情——我能动了！

我似乎被什么人救了！

"魔王，我不会让你得逞的……"

一个冷漠的声音在我头上响起。

我抬起头，看见救命恩人穿着白色的盔甲，浑身散发着朦胧的光芒。他背对着我，跟头盔男对峙。

他身后白色的披风缓缓地飘动着，一头金发也随着气流摆动。他手中握着银色的剑，如同战斗天使。

"哼，星光骑士，你以为凭你就能阻挡我？"头盔男冷冷地哼道。

"我可以试试。"救命恩人开口说道，声音却让我感觉超级耳熟。

他们俩同时从半空中降落到地上，身为正义一方的我，自觉地站到了救命恩人的身边。

"那个……谢谢你……"虽然知道现在不是道谢的好时机，但我还是忍不住对他道了声谢。

救命恩人稍微回过头，这时我才发现，他脸上戴着一个白色的眼罩，眼罩下，是一双碧绿色的眼眸。

看着他的眼睛，我不禁有点儿失神："我们……是不是在哪里见过？"

救命恩人没有回答我的话。

在他转过头的那一瞬间，我发誓我看到他眼中有一抹烦躁和轻蔑的情绪。

咦，我什么时候得罪过救命恩人吗？

虽然他是我的救命恩人，但是我现在这种想帮助头盔男揍他一顿的感觉，

是怎么回事啊！

就在这时，那些戴着头套的人，慢慢地将我们俩包围在了中间。

"我……我不会打架啊！"

他们不停发动袭击，我只能抱头鼠窜。

在救命恩人的掩护下，我成功地脱离了战斗圈。

就在我刚拿起一根木棍，想偷袭一个青蛙头套男的时候，眼角的余光却看见头盔男抬了抬手，顿时一道黑色的影子向我飞了过来。

"小心——"

救命恩人飞快地将我扑倒在地，然后我看见他的嘴角溢出一抹血丝，面具随即碎裂。

"安芫染……"

面具下是一张完美的脸，平时如同珍珠一般白皙的皮肤，此时却漫上一丝灰色，如同宝石一样的碧绿眼眸中满是痛苦。

我跪坐在地，看着躺在我腿上的安芫染，心情复杂。

这个转校生，从进学校的那天起，就抢走了我所有的风头，不管是考试还是竞赛，只要有他参加，我就只能排在他的后面。更让人觉得讨厌的是，这个人永远都用一副看手下败将的神色看我。

他一定是我夏小鱼人生中最大的敌人。

而现在，我在学校的敌人却化身为星光骑士，还为我挡住了魔王的攻击……

"哼，星光骑士，今天就让你也成为祭品吧！"

魔王一边说，一边走向我们。

之前被打倒在地的小喽啰们，也互相搀扶着站了起来，纷纷跟在魔王的身后，喉咙里又发出咕噜咕噜的声音，像是在念奇怪的祈祷词。

明明是白天，天色却暗了下来，一轮红色的月亮自魔王身后升起。

而我跟安芫染所在的地方，土地发出隆隆的声音，接着一个黑色的破旧祭坛一样的东西，将我们托到了半空中，正对着红色的月亮。

怎么办……

"安芫染，你快醒醒啊……"我用力拍打着已经快陷入昏迷的安芫染。

"守护使……"安芫染神色迷离，梦呓一般说出这三个字。

守护使？

星光守护使？

对，没错，我也是星光守护使！

我轻轻地将安芫染的头从我腿上移开，然后慢慢地站了起来，将一直放在衣服口袋里的权杖拿了出来。

"属于你的咒语，一直在你心里……"奶奶的话浮现在我的脑海中。

"我的心里……"

我双手握着权杖，闭上了眼睛。

如果咒语在我的心里……

"以圆周率为契机，请给我小数点后面10000位的祝福……"

我慢慢地说出那句一直在我心中的话。

交握的手心里突然闪出一阵粉红色的光芒，钢笔大小的权杖慢慢地变大，变成一支银色手杖。手杖上一个粉红色的花骨朵慢慢盛开，从里面飞出一粒宝石一样的东西。宝石贴在了我的前额，一股粉红色的烟雾笼罩着我。

身上的衣服被拉扯，好像变换了形状，我的身体也变得轻盈了好多。

我习惯性地想伸手推鼻梁上的眼镜，却发现眼镜不见了。现在的我虽然没有戴眼镜，视力却好得能看到很远的树上一条在吃树叶的毛毛虫。

"夏小鱼？你居然是……星光守护使？"安芃染看见变身后的我，绿色的眼眸中闪过一丝我看不懂的情绪，艰难地挣扎着要起身。

我蹲下身体，安抚地看着他："之前谢谢你保护我，所以，现在轮到我来战斗了。"

"现在，让我来好好整理一下你们这些印有错误题目的盗版参考书……"

我站在高高的祭台上俯视着下面的一群人，心中感受着变身后身体的变化——好像除了视力变好之外，我暂时还没有发现其他变化……也许……要战斗的时候才知道？

我的能力是什么？

是像奶奶那样能从高楼上面一飞而下，还是从手杖中射出激光之类的？

我挥舞着变大的手杖，手杖顶端的花骨朵在空中划出一道粉红色的光芒。

"邪恶的魔王！我星光守护使是不会任由你侵占这个城市的！"

突然，一阵凉爽的风从我身边吹过，大腿以下一阵冰凉。

嗯？

我习惯性地低下头，发现自己柔软的棉质衬衫变成了一件紧身小礼服，而宽松的运动裤，则变成了一件百褶短裙。祭坛高处的风一吹，我只感觉凉飕飕的。

为什么星光守护使会穿成这样打败敌人啊？这样跳下去一定会走光的！

我捂着裙子，探出头看着在祭坛下叫嚣的敌人，又回头看过去。只见我人生最大的敌人安芃染此时正以一种探究的眼神看着我。

战斗，还是被敌人看轻……

这也太难选择了吧！

呜呜呜，奶奶，你快来教教我好吗？

就在我还在纠结的时候，天上红色的月亮周围出现了一些黑色的细线，这些细线慢慢交织成一个字的样子，而祭坛周围，也开始出现跟天空中一样的字。

"咳……要……阻止他们，否则……我们会死在这里的……"安芃染在我身后说道。

我转过身看着他，他吃力地支撑起身体，一只手捂住胸口，从嘴里咳出的血丝，染红了他胸前银色的绶带。

"可是……"我为难地咬着下嘴唇。我不知道该怎么向他坦白，其实我今天刚上岗，根本不知道该怎么战斗。

在今天之前，我的世界只有参考书，没有人告诉我，那种只存在于童话的

魔王，会真的存在于这个世界上。

"夏小鱼，如果我们能赢了这场战斗，我安芃染就承认，你是我唯一认可的有资格的对手……"再次吐出一口血之后，安芃染这样说。

"可恶！谁要被你认可啦！哼！"我愤愤不平地转过身，重新站在了祭坛的边缘，"就算要认可，也是我夏小鱼承认你有资格做我的对手！哼，总有一天我会把你拉下第一的位置的！橙光学院第一名的宝座，永远都只属于我夏小鱼大人！"

没错，学习也好，战斗也好，我一定不会让你看扁的！

我是夏小鱼，我是继承了神秘血统的星光守护使！

所以，受死吧！

我握着手杖，踩着祭坛的石阶，向下走去。

"咔嚓——"

就在我自信满满地走着的时候，身体下方突然有什么东西裂开发出的声音传来。

接着，我的右脚一阵刺痛，身体一歪，不受控制地向祭坛下方栽倒。

所以说，我讨厌高跟鞋！

身体像是在飞翔，我看着周围的景色不断从眼前掠过。

我不要这样啊！

按照物理力学原理，结合这个角度、这个高度，还有下坠的速度，我引以为傲的大脑一定会被摔成豆腐渣的！

安芫染！你不是星光骑士吗？能不能发挥一点儿骑士精神啊！

我心中的念头飞快地闪着，平时傲人的智慧在此时却一点儿都没办法发挥出来。

眼看着地面越来越近，我终于放弃了希望，绝望地闭上眼睛，准备接受疼痛的降临。

我的耳边，仿佛已经响起了重物坠地的声音……

一秒，两秒，三秒……

预料之中的疼痛迟迟没有降临，取而代之的，我撞上了一个温暖有弹性的"垫子"，而"垫子"忍不住闷哼了一声。

唉？

我小心地睁开了眼睛，却意外地对上了一双金色的眼眸。

那双眼眸中闪过一丝痛苦，然后，突然变得闪亮起来。

我呆呆地看着眼前的这个人。

想不到世界上居然还有比参考书还要好看的人存在！

没有半点儿瑕疵的脸，像是艺术家精雕细琢的艺术品。英挺的鼻子下面，是不笑也微微上翘的粉色嘴唇。微微凌乱的漆黑头发，将他白皙的皮肤衬托得无比细腻。微微下垂的睫毛轻轻颤抖着，在眼帘下方投出如同蝴蝶羽翼一般的阴影。

不知道为什么，我的心脏突然不受控制地跳动起来，而空气中似乎也弥漫着蔷薇一般甜蜜的味道。

"你——"接住我的人眨了眨眼睛，金色的眸子在红色月光的照耀下，仿佛也漾出一圈圈细碎的光晕来。

"啊，谢谢你救了我！"

在他开口之后，我才发现，原来自己正被他以一种公主抱的姿势抱在怀里，而我的双手正搂着他的脖子。

我的脸一下子就红了。

"我……我……"

我手忙脚乱地从他身上跳了下来，紧张得眼睛都不知道该往哪里看。

"夏小鱼，你还不攻击魔王！"

安芃染的声音从我身后传了过来，打破了我复杂的心思。

哦！对！我刚才做了什么！我不是应该跟魔王战斗吗？

"那个，这里可能不太安全，你……"我抬起头，想让那个帮助我的人躲到安全的地方。

谁知，刚才救过我的美少年，正一脸从容地从身后那群头套怪人手中，接过那个巨大的独角造型头盔，准备往头上戴。

"嗯？你说什么？"他一边戴头盔，一边问。

"你……"我往后退了两步，觉得之前那一点儿感激之情，在看到眼前人戴上的帽子之后，消失得无影无踪。

这个接住我的人，就是大魔王！

我不会忘记，他在5分钟之前打伤了安芃染，1分钟之前要把我们当祭品！

现在，我夏小鱼，刚上任的星光守护使，居然被魔王救了！

简直是奇耻大辱啊！

时间能退回去吗？

一时间，我居然不知道该如何应对眼前的一幕，只能呆呆地看着大魔王在他手下的服侍下，艰难地戴上了那个又笨拙又难看的头盔。

"这个头盔是祖传的，是我们魔王世世代代都要戴的装备，虽然大了点儿，但我觉得戴上这个，我更加英俊了。"不知道为什么，魔王突然走近我，跟我解释道。

关我什么事啊！我跟你很熟吗？离我远点儿好吗？我们还在战斗中吧！

我强忍住脸部的抽搐，向后退了几步。

"魔王！虽然你救过我，但是我会摔下来，都是你召唤出祭坛的错！而且，我之前道过谢了，所以……接下来的战斗，我是不会对你客气的！"

我抽出手杖指向魔王，把自己想象成战斗中的女英雄，而手杖中射出等离子光线，把这些破坏城市安定的异端分子送回他们的老家。

魔王听了我的话，举起手，做了一个奇怪的手势，然后慢慢向我走近。

由于那个过大的独角头盔将他的脸挡得严严实实，我根本不知道他现在的表情是怎样的，更加不知道他在想些什么。

我急促地呼吸着，感觉自己握着手杖的手，都快要被汗水打湿，心脏也扑通扑通直跳。

"你别过来！"我一边看着他，一边向后退。

"呜哇——"

不知道出于什么原因，原本还只是站在周围、不知道在想些什么的头套人在看到魔王那个奇怪的手势之后，突然兴奋起来，然后喉咙里发出咕噜咕噜的声音，将我跟魔王围在了中间。

好可怕！

这又是什么奇怪的战术？

谁来告诉我啊！

我发誓如果能从这里活着回去，一定要好好补习历史方面还有战术策略这类的参考书！

"夏小鱼，你这个白痴！你在想什么？还不快点儿攻击！"安芃染的声音再一次出现了。

"不能战斗的人闭嘴！"其实我本来想向安芃染求助，但是被他这么一吼，我居然又吼了回去。

糟糕，我为什么要在这么危险的时候跟他抬杠？

要不是对面是魔王，身边是魔王的军团，时机不对，我真想狠狠地揍自己一顿。

好想哭啊！

如果我在离开医院后选择去学校，这时候应该在宽敞的教室里看着参考书，做着练习题吧？

"夏小鱼，你再不打败魔王，祭祀就要完成了！"安芃染气急败坏地说。

我心里一惊，抬起头看向祭坛的方向，红色的月亮被黑红相间的巨大法阵包围在中间，跟祭坛上面的花纹遥遥相对，散发出莹莹红光，显得诡异而又邪恶。

"我……我该用什么技能啊！"在"被魔王当作祭品英勇地死去"和"接受安芜染的羞辱，然后继续看自己的参考书"两个选项中犹豫了3秒钟之后，我迷惘地看着安芜染。

"你既然能召唤出守护使的王冠，那你应该也知道怎样使用你的力量啊！"

果然那句话一问出口，就算不回过头去看，我也能清楚地感受到安芜染散发出的那令人讨厌的"我最讨厌愚蠢的人了"的气息。

"你叫夏小鱼？"魔王的声音隔着头盔显得有点儿瓮声瓮气。

虽然看不到他的眼睛，但是我总觉得他的视线都能透过头盔前面的面罩，化成一道绿色的光芒。

"你……你……我警告你，就算你知道了我的名字也不会有太多用处，你马上就要被我打败了……"我一边颤抖着，一边握紧手杖对准他。

呜呜呜——电视上的情节都是骗人的吧！什么握着手杖对准敌人就能发射出让敌人必死的光线之类……

"夏小鱼，听从你的心，最强的攻击咒语一定就在你的心里！"安芜染的声音再度出现。

我也知道在我心里啦！可是咒语它一直不出现啊！你这个毫无战斗力的人

给我闭嘴就好了！

我一边狠狠腹诽，一边死死地盯着魔王的动作。

"星光守护使……夏小鱼……"魔王一边轻声说着，一边从容不迫地走向我。随着他的走近，原本围在我身边的头套怪人纷纷乖乖地让路，站在两边。

"特斯拉电圈！伽马射线！太阳黑子！死亡蓝光！糖醋排骨！红烧肋排……"

我惊慌失措地挥动着手中的手杖，口里喊着连我自己都不知道是什么的乱七八糟的所谓"咒语"。

魔王离我越来越近，我却只能不停地后退。

"啊——"我因为太紧张，左脚踩到了右脚，然后跪倒在地，顿时感觉膝盖一阵刺痛。

魔王走到我的身边，居高临下地看着我。

完了！

我脑海里闪现出这三个字，而且它们像霓虹灯一样，一闪一闪的。

所谓的星光骑士还是半身不遂的状态，而我这个刚上任的星光守护使，却弱得连攻击技能都没有……

说好的前期练经验，后期推魔王的定律呢？

连参考书都是由浅入深，由简到难这样逐层递进，魔界怎么可以这么不按常理出牌！我这个还是热腾腾的"新出炉"的星光守护使，居然连入职培训都没有，就必须要跟最凶残的魔王战斗……

我不想玩下去了！

就在我还想抓紧时间回忆自己人生少得可怜的欢乐时光时，魔王突然摘下了他的头盔，然后向我伸出了手。

"扑通——"

我的心脏狠狠地跳动了一下。

这是要动手吗？

而那些一直在他身后的头套怪人，却突然像是被按动了什么开关一样，全都亢奋了起来。

"嗷嗷嗷——"

"呜呜呜——"

"嘎嘎嘎嘎——"

他们纷纷手舞足蹈着，有几个甚至还手牵着手，兴奋地转起了圈。

这是……胜利前的狂欢吗？

我不甘心地握紧了拳头，狠狠地砸向身边的土地。

"夏小鱼。"

也许是我没有理会魔王伸出的手，他再一次叫我的名字，并且这一次直接弯下腰，轻轻扶着我的肩膀，帮我站了起来，并且蹲下身体，仔细清理着我之前跌倒在地上时身上沾的泥土。

他……在做什么啊？

对战败者的最后一点儿尊敬？

我呆若木鸡地看着魔王一头黑发在我的眼前晃动着，他白皙的脖颈在黑衣黑发的衬托下，显得尤其醒目。

生物参考书上说，颈后有左右两条颈总动脉，只要稍微压迫就能导致人晕厥。

虽然我从来没有实践过，但是……

我的眼睛死死地盯着眼前这个把自己毫无防备的状态呈现给敌人的魔王，一时之间有点儿分不清楚这是个机会还是陷阱……

而且……

我看了看周围对我虎视眈眈的头套怪人们，心中暗自下定决心。

至少……也不能输得太难看……

我伸出手，按向了他的颈侧。

就在马上要接触到的时候，我的手却被魔王牢牢地握住了。

糟糕，这果然是个陷阱吗？

"啧——"我有点儿恼怒地想把手撤回，但是却怎么都抽不回来。

魔王就着下蹲的姿势，单膝跪了下来。

怎……怎么回事？

"请……请一定嫁给我！我美丽的小年糕！"魔王一边握着我的手，一边鼻子喷着粗气说道。

一瞬间，我觉得世界都安静了。

求……求婚？

"安芄染，祭祀的阵法启动，祭品会不会有幻觉啊？我刚刚好像……听到有人跟我求婚了……"

我转过头，向安芄染确认。

安芄染撑着长剑，晃晃悠悠地站了起来。

"你没听错，不是'人'向你求婚，而是'魔王'在向你求婚。"虽然连站起来都感觉到吃力，但是安芄染那令人讨厌的声音丝毫没有虚弱的感觉。

"我觉得你可以考虑一下，毕竟你是个连战斗力都没有的守护使大人！"他轻哼一声，讽刺地说。

"我是魔界第379任魔王……我……前途无限！至今单身……"魔王一张脸涨得通红，却还是磕磕巴巴地说着匪夷所思的话。

"啧！真好呢，夏小鱼，你在学校那种书呆子的样子，一定不会有这种待遇啦，趁着还没有解除变身魔法，你赶快答应啊！"

"夏小鱼……我卡巴斯基·塞巴斯蒂安……"

"如果还有下次变身机会，你记得带好相机啊，虽然你现在还是很丑，但是至少比你在学校书呆子的样子要好看得多。"

"安塞思·卡瓦卡瓦·诺娜里·瓦尔撒·拉丁……"

"你应该感激变身的机会，不然我在学校看到你，连跟你说话的欲望都没有……"

"请跟我以结婚为前提交往吧……"

安芄染讽刺的话一句接一句。

"闭嘴！为什么你的嘴没受伤呢！"我火大地朝安芜染吼道。

安芜染的讽刺还有卡巴大魔王一人一句，组合在一起简直像一条噪声制成的锁链，将我的大脑绑得严严实实的，火气在我心中蔓延。

"守护使陛下——"

"给我闭嘴！我不想听到你讲话！"

我举起手杖用力地砸向魔王。

"嗷嗷嗷嗷——"

可能是发现我正在攻击他们的魔王，那些之前看起来傻兮兮的头套怪人眼睛里突然闪烁着红光，愤怒地朝我走了过来。

这……这么多……我一定跑不掉吧——

眼看着一个头上戴着牛头头套的怪人举着锤子就要向我砸过来，我躲闪不了，只好绝望地闭上眼睛。

"哐——"

"你们都不要伤害她——"

"夏小鱼你能有点儿出息吗？遇到危险就只会闭上眼睛？"

我睁开眼睛一看，安芜染不知道什么时候站到了我的身边，用长剑隔开了牛头人的铁锤。

而魔王则忙不迭地喝止了下属的下一波进攻。

"夏小鱼，我一定会让你答应成为我的王妃的！"隔着一道"头套怪人墙"，魔王在另一头一脸哀怨地对我喊着。

我白了他一眼，顺势踹翻了一个想要从背后攻击安芃染的敌人。

好累……

这比一天之内连续看10本参考书还累……

我和安芃染喘着粗气，背靠背站着，看着眼前的敌人。

似乎……要撑不下去了……

就在我觉得快要倒下的时候，从半空中传来一声呼啸。

我抬起头，看见一只浑身闪耀着银白色光芒的巨大狐狸从天而降。

白狐绕着我跟安芃染转了一圈，然后硕大的头颅停在了我的面前。

它微微侧着头，眨着紫水晶一样晶莹的大眼睛看着我，像是在打量我。

"嗷呜——"

白狐用它湿漉漉的鼻子蹭了蹭我的脸，然后仰起头长啸一声，转向了魔王
所在的方向。

"能撕裂时空的风的精灵啊，请听从我的召唤——"

白狐张开口，发出人类的声音。

"啊……狐狸……狐狸说话了……"我不敢相信地抓着安芃染的衣袖。

安芃染嫌弃地拍开我的手："你这个书虫都成了星光守护使了，还有什么
不现实的事情啊！"

就在安芃染损我的空隙，那只白狐伸出巨大的爪子，在半空中虚划一道，
然后半空中突然出现了一道黑色的裂纹。

狂风吹过，之前还包围着我们的头套怪人，连带着魔王一起被卷进了那道

裂缝。

"夏小鱼，请一定要等我！"渐渐闭合的裂缝突然又被人从内部撕开了一小道口子，魔王伸出头对我喊道。

"不用了！你一辈子都不用来！"不知道哪里来的勇气，我抢过安尢染手中的剑，用力向他丢了过去。

裂缝闭合，那把剑像是碰到了墙壁一样，直直地落在了地上。

"结束了吗……"

我双腿无力，一下子跪坐在地。

美型骑士团
星辰王女

第二章

莫名其妙的怪人三骑士

我坐在教室里，心不在焉地翻着手中的参考书。

明明是我期盼已久的最新最全的参考题库，我却一个字都看不进去，脑子里全都是昨天发生的事情。

诡异的红色月亮、飘浮在半空中的安芫染、凭空出现的巨大的白狐，有从小到大除了比别人聪明一点儿，几乎跟普通人一样，却突然被告知是星光守护使，还拥有了奇怪变身能力的我……

这一切没办法用参考书上的知识解释的事情，把我的脑子塞得一点儿空隙也没有。

惊慌和不安在我心中缠绕，所以昨天趁着白狐和安芫染整埋战场的时候，我连个招呼都没打，就偷偷溜回了家。

"啊——我的人生明明不是这样的啊！"我郁闷地将参考书盖在脸上，身体向后靠在椅背上，闭上眼睛休息。

"各位同学，今天向大家宣布一个好消息。"

老师的声音传入我的耳中。

虽然不是上课时间，但是我这个品学兼优的学生，任何时候都非常尊重老

师。我将参考书拿下放在桌上，坐直了身体看向老师。

而别的同学也因为老师的话逐渐安静了下来。

"今天我们班上将转来两位新同学，一位是大家都很熟悉的安芜染同学，另一位则是今天刚转到我们学校的天才儿童樱寻狐岛同学。希望大家在学习上互相竞争，在生活中互相帮助……"

不知道是不是错觉，老师说这句话的时候，一直在很心虚地用眼睛的余光偷偷看我。

同学们自发地鼓起掌来。

接着，从门口走进一高一矮两个人。

我仔细一看，那令人讨厌的身高和气质，那透着冷漠的眼睛，那能说出恶毒话语的嘴唇……

这是一个浑身散发着"愚蠢的人不要跟我说话"的寒气的男生。

"哇——居然是安芜染！"

"学校第一的天才美少年！"

"神秘、优雅，如同黑夜一样冰冷的王子殿下！"

周围的同学像是炸开了锅一样，兴奋地低声议论着。

"你——"我颤抖地站起身，惊恐地看着我人生的死对头，"安芜染，你怎么会来我们班？"

我转过头，愤怒地看向班主任："老师！为什么安芜染会来我们班？他不是A班的吗？"

"那个……夏小雨同学，你冷静……"老师心虚地冲着我笑，"是这样的，你跟安芃染同学是我们学校的两大招牌，学校为了让你们能更加积极向上，决定让你们互相帮助，在一个班上学习……"

"学校招牌有我就够了！"

"不要把我跟手下败将相提并论，这是对我的侮辱。"

我跟安芃染同时出声对老师说道。

"你说谁侮辱谁啊！"我气恼地看向安芃染，刚刚面对他时的那一点儿惊惧，在他的挑衅中，被愤怒吞噬得干干净净。

"跟智商比我低的人说话，会让我觉得自己的智商也在下降。"安芃染捂住嘴巴，好看的眉毛微微皱着，一副很不想跟我说话的样子。

"你——"我双手用力地抓着桌子，想着要是自己力大无穷，一定举起桌子砸向他。

"哈哈哈，你看你们俩其实相处得挺好的嘛。要互相帮助啊，哈哈哈……"老师一边笑着，一边慢慢地退出了教室。

老师，你回来啊！谁跟这讨厌的家伙感情好啦！

还能不能愉快地学习了！

我在心里呐喊着，眼睁睁地看着老师一步步退出教室后，用百米冲刺的速度飞快地逃走了。

"啊，他也是我们班的吗？好可爱！"

"越级天才儿童吗？"

"啊，他向我们走过来了！"

身边又响起一阵惊呼声。

我定睛一看，之前跟在安芃染身边的那个个子比较矮的樱寻狐岛，正向我走过来。

颜色如同焦糖的头发包裹着圆圆的脸蛋，皮肤雪白，琥珀色的大眼睛十分澄澈，好像世界上所有美丽的东西都装在那双眼睛里面。他长长的睫毛扑扇着，像两只调皮的小蝴蝶，似乎每次眨眼都能带出一串迷人的光晕。他玫瑰花瓣一样的嘴唇微微张开，露出两颗小巧的犬齿。

他的个头小小的，穿着白色的衬衫，精致的暗红色蝴蝶结端端正正地系在领口处，下身是灰色格子的背带短裤，一双包裹住小腿的袜子，再加一双黑色皮鞋，一副精致小帅哥的标准配备。

他穿过重重人群，双眼直直地看向我，然后咧开嘴冲我笑了笑，大大的眼睛一眨一眨的，简直像个小天使。

在那一刻我几乎忘了跟安芃染的不愉快，完全被眼前这个微笑的天使迷住了。小天使离我越来越近，我忍不住捂住了胸口。

"狐岛同学，你好。我是……"我难得地发扬了同学友爱，主动跟眼前这个越级天才儿童示好。

可爱的小天使走到我面前，然后回头瞪了安芃染一眼。

等等……我没看错吧？刚才……小天使是在向安芃染示威没错吧？

我揉了揉眼睛，看见刚才还翻着白眼、双手插袋、不可一世的安芃染，此

时板着脸向我走来。

好样的！

看着吃瘪的安芃染，我心中没由来地愉快了起来。

我决定以后一定要对新同学好。

安芃染磨磨蹭蹭地走到了狐岛同学的身后，然后狠狠地瞪了我一眼。

虽然不明白他为什么要瞪我，但我还是丢给了他一个鬼脸。

"你好，我叫夏……"就在我亲切地想要做自我介绍的时候，狐岛同学伸出手拿起了我的右手，然后单膝跪下，右手握拳放在胸口，亲吻了我的指尖。

"守护使大人，我终于找到你了。"狐岛同学抬起头，诚挚地说。

"啊——"

"哇——"

周围的同学突然安静了十几秒，随后集体发出意味不明的号叫。

啊——这到底是怎么回事？

我也要哀号了！

初次见面的小天使居然跪下向我行骑士礼！

谁来告诉我这究竟是怎么一回事？

我觉得脑子像是被塞进了好多本错误的盗版参考书一样，完全堵住了。

"你……你给我过来……"

等我反应过来的时候，我已经拉着新来的同学到了远离教室、人迹罕至的学校天台。

我皱着眉头，看着眼前一高一矮的组合。

明明我只拉了狐岛同学一人到这里来，安芜染跟来凑什么热闹啊？

这么一想，我的心情似乎变得更差了。

"樱寻狐岛同学，可以跟我解释一下这到底是怎么一回事吗？"我双手抱胸，身体斜靠在天台的栏杆上。

被叫到名字的狐岛同学慢慢走近我，然后抬起头，水汪汪的眼睛里全是委屈。

好可爱！

我大声在心里哀号着，好想捏着他的脸，然后安慰他。

不行，我不能这样没原则！

我深吸一口气，严肃地看着他。

狐岛同学眨了眨眼睛，然后头上"砰"的一声，长出了一对大大的三角形的、毛茸茸的狐狸耳朵。耳朵像是被头发弄得有点儿痒，一颤一颤的。

啊啊啊——人的头上长出狐狸耳朵了！

好吧……在看过了会飞的人类以及会用手放出光球的魔王以后，我觉得自己的承受力已经突破了极限，即使面对这种非常规的事情，也能泰然处之了。

不过……

怎么能这么可爱啊！

在那一瞬间，我放弃了原则，颤抖着将手伸向了那两只一抖一抖的耳朵。

"守护使大人，您已经不记得我了吗？我们昨天才见过面啊！"狐岛同学

一副委屈的样子说道，耳朵也耷拉了下来。

"我——"我张开嘴想安慰他，但是我想破了脑袋，也不记得昨天见过这么可爱的男孩。

狐岛同学用一副"看吧，你果然想不起来了"的委屈表情看着我。

"我……"我咬着下嘴唇，不知道该怎么安慰他。

"砰——"

耳边突然传来一阵轻响，随即狐岛同学所在的位置出现了一只巨大的白色狐狸！

等等——

我倒退一步，睁大了眼睛。

"你……你就是……"

大狐狸摇摇尾巴，琥珀色的眼睛里透露出"我很受伤"的情绪。

"狐岛同学，那个……这么大的狐狸可能会引起轰动……"我不自然地摸了摸他巨大的爪子，讨好地说道。

"砰——"

白色的大狐狸一下子又变回了可爱的男孩。

到底要怎样才能在一瞬间完成这种转变啊？

被他这么一闹，我都快要忘记拉他来这里的初衷了。

"所以说，狐岛同学，你今天到底是什么意思啊？你当着那么多同学的面对我那样做，我会很为难……"

话还没说完，狐岛同学又向我单膝跪下了。

连带着安芫染也像是受了感染一样，单膝下跪，右手握拳放在自己的胸前——如果他不用那种杀人般的眼神看着我就好了。

好可怕！

"狐岛同学，你……"

"守护使大人，请接受我们的宣誓！"狐岛同学抬头看着我，脸上全是与他年龄不符的严肃。

"等等——我觉得你们弄错了……其实……我……不是什么星光守护使……"心狠狠地跳动了一下，我下意识地解释起来。

平时解答高深的题目时流利的思路，在这一刻似乎完全没有作用了，什么条理啊、逻辑啊，全都飞到了外太空。

"其实……我奶奶才是星光守护使，我根本就……虽然你看到的是我没错，但是我……"

我剩下的话，都被跪在狐岛同学身后的安芫染散发出来的寒气吓得吞回了肚里。

明明是白天，但是安芫染所在的那一块地方，却像是被黑夜包围了一样。

"玩笑到此为止吧！既然笨蛋已经承认她不是什么星光守护使，那我们何必浪费时间！"安芫染一边站起来，一边说道，"哼，如果守护使是你这种笨蛋，我还不如死掉算了。"

说话间，安芫染金色的头发无风自动，空气中的某些物质像是受到了召唤

一样，聚集在他的身边，银白色的光芒在他的额前闪耀着。那一瞬间，我发誓自己看到他背后生出了一双巨大的、透明的翅膀。

一阵大风吹过，安芫染双腿离地，悬浮在空中。

他转头看向我，冷漠地张了张嘴。

我努力辨别。

"笨蛋，再见！"

谁是笨蛋，你说清楚啊！

我还没来得及反应过来，风逐渐变大了，我不得不用双手捂住乱飞的头发，然后侧过身体挡住风。

"啪——"

风突然停了下来，然后一个重物落地的声音响起。

我放下手臂，回头看见狐岛同学还是保持着半跪的状态——只是跪的地点换到了安芫染的背上。

而被称为校园王子的安芫染，这时却脸朝下呈"大"字趴在了地上。

虽然我现在很想大笑，但是我觉得只要笑出声，安芫染一定会不顾及同学情谊杀了我——更何况我们连同学情谊都没有。

"我为骑士的失礼向您道歉。"狐岛同学半低着头，凝重地说。

你先从安芫染身上下来会更有说服力的！

虽然心里这么想着，但是我并没有说出口。

"樱寻狐岛，我要杀了你！"安芫染趴在地上，咬牙切齿地说着，好看的

脸上布满狰狞的表情。

"对之前的唐突行为，我感到很抱歉，请允许我正式介绍自己。"狐岛同学改跪为坐，地点仍然是安芜染的背上。

"我是您的守护骑士之一——樱寻狐岛。这家伙也是骑士……"狐岛同学指着身下的安芜染，接着说道，"每一任星光守护使都有三名骑士，而我是骑士长。"

"那还有一名骑士呢？"我好奇地问道。

听了我的话，狐岛同学秀气的眉毛皱成了一团，小巧的嘴巴微微噘着，一副苦恼的样子："不见了……"

我默默地把视线转向蓝色的天空，假装看风景。

果然，不承认自己是什么星光守护使是正确的……

一个跟我性格完全合不来的骑士，外加一只狐狸，还有一个失踪的骑士……这组合实在太不靠谱儿了。

"理论上来说，只要新守护使诞生，三个被选定为骑士的人就会觉醒，而作为骑士长的我也会感应到其他两名骑士的气息。但是，这一次魔王进攻时，我却只感应到了安芜染骑士的气息……"

狐岛同学说着，表情更加自责了。

"没……没关系，也许那个骑士也在找你们，只是刚好你们的频率出错了……其实大自然里很多动物都会这样，比如说没办法跟同类沟通的海豚、找不到朋友的鲸鱼……"不忍心看到狐岛同学可爱的脸上出现难过的表情，我忙

不迭地开口安慰。

"其实您应该感觉到了，因为骑士的空缺，导致您的力量没有完全苏醒，所以您一点儿战斗力也没有……"

啊！原来是这样！

我恍然大悟地点点头。

知道自己不是废物的感觉真是太棒了！

"魔界接到了星光守护使换届的消息，想趁着新的守护使还不熟悉业务，趁机入侵人间。"

我同情地点点头。

小小年纪就要操这么多心，一定很累吧……

"白痴，收起你同情的眼神好吗？你眼前的这个老妖怪，已经300岁了，只是喜欢装……噗——"安芃染开口打断我的话，然后话还没说完，他就痛苦地吐出一口气。

300岁？

我用手托着自己的下巴，以免自己表现得太惊讶。

"其实……我奶奶变身以后，也是一个超级大美女……呵呵呵……"我傻笑着，不知道是在说给安芃染听，还是在安慰我自己。

"守护使大人，骑士会遵循自己的意志，自发聚集在您身边，所以，为了世界和平，请您帮忙找到第三个骑士，然后恢复能力对抗邪恶势力。"狐岛同学诚恳地说。

"我……"我皱着眉头，不知道该怎么回答。

"哼，连唤醒骑士的能力都没有的废物守护使，就算凑齐了人数，拯救世界也不能靠她吧。"安芄染在狐岛同学的大发慈悲之下，终于从地上爬了起来，然后姿势潇洒地坐在地上。

"谁是废物啊！"我愤怒地向安芄染吼道。

"昨天连技能都用不出的是谁啊？"安芄染一脸漠然地说。

"是谁昨天被魔王打倒在地爬不起来啊？"

"那还不是为了保护某个废物啊！"

"骑士，你怎么可以对守护使这样说话？"狐岛同学皱着眉说。

"哼！"安芄染一脸痛苦的表情，说道，"怎么会这样……我一想到要辅佐这种人，就浑身无力！更何况还是手下败将……"

安芄染一句接一句地说着。

"你……够了！"我愤怒地冲他吼道，"什么叫你要辅佐我这样的人！你怎么不问问我愿不愿意接受你成为我的骑士啊！你这个被魔王打得爬不起来的家伙！"

"呵呵呵，可是有的人每次考试都考不过我！那个人是谁呀？"安芄染双手抱胸，阴阳怪气地说。

"安芄染！你以为我愿意做什么星光守护使啊！你去找个考试能赢过你的聪明人吧！祝你成功！"

"丁零零——"

学校的放学铃声响起，我气冲冲地说完，转身走向教室。

真是太讨厌了！

什么星光守护使，什么骑士，什么保护世界，关我什么事啊！我只是一个普通的少女！

问我夏小鱼这辈子最讨厌的人是谁？

在昨天之前，我一定会毫不犹豫地说是盗版参考书书商，还有不努力学习的人，但是，在今天之后，我突然觉得那些人都不算什么了。

世界上谁最讨厌？

那还用说，当然是狠心冷面的安芜染啦！

我坐在家里的书桌旁，手中拿着的，是我最爱的最新的参考书。

可是……我现在一点儿也看不进去，脑子里全都是怎样打败安芜染的画面，甚至只要一拿起笔，就会不自觉地写下"安芜染是坏家伙"之类的字……

"不行！再这样下去我一定会中安芜染的诡计的！他一定是想用这种方式迷惑我，然后让我在下次考试的时候又败给他。"我调亮台灯，用力拍了拍自己的脸，重新振作精神，"夏小鱼！加油！"

我深吸一口气，重新进入题海的世界。

"这里其实可以代入这个公式……啊——其实另一个也可以……那就先这样吧……"

清除了杂念的我，做题简直如有神助。

"咚咚咚！"

正当我做题做得入迷的时候，耳边突然传来敲门声。

我回过头，卧室的门却大大敞开着。

一定是我学习太入迷产生了幻觉吧？

我摇摇头，接着看下一题。

"咚咚咚——"

敲击声再一次响起，打断了我的思路。

"咚咚咚——咚咚咚——"

接二连三的敲打声响起。

我循着声音看过去，发现这是从窗户外面传来的。

我拉开窗帘，狐岛同学化身为巨大的白狐，正坐在我家落地窗外的阳台上，大爪子轻轻敲着玻璃。因为外面下着小雨，他光滑的皮毛被雨水打湿，显得格外可怜。

"狐岛同学，你怎么在这里？快点儿变回人形进来！"我忙不迭地打开玻璃窗，想要把他迎进门。

狐岛摇摇头，尾巴一甩一甩的，说道："守护使大人，我在巡逻的时候，发现北边的公园里有恶魔的踪迹，希望您能跟我去战斗。"

战斗？

我不禁想起之前在小树林里发生的那一幕幕诡异的事件，心中不自觉地产

生了一丝抗拒的情绪。

"可是……你不是说我一点儿战斗能力也没有吗……"我咬着下嘴唇，没有说要去，也没有明显地拒绝，"我这个时候过去，也只是去送死吧？"

像是没有预料到我会这样说似的，狐岛瞪大琥珀色的眼睛，一眨也不眨地看着我。

"我已经说得很清楚了，不想做什么守护使，也没有什么拯救世界的高尚愿望。你跟安芄染都是骑士，那么你们再找别的守护使也是一样的吧？"

"可是——"狐岛张张嘴，想向我解释什么。

"不用解释了，我没有很强的力量，帮不了你们什么。而且，我不是什么天才，我学习需要很多时间。"

觉得自己已经解释得够清楚了，我重新关上窗户："再见。"

雨好像越下越大，拉上窗帘的那一刻，我好像看到了狐岛哀伤的表情。

"咚咚咚——"

窗户玻璃再一次被敲响，只是没有之前的响声大了。

我坐回书桌前，强迫自己看书。

时间一分一秒过去，窗外的雨好像也越下越大，除了起初敲打的那几声，外面已经恢复安静，就像狐岛没来之前一样。

他应该已经走了吧？

我看了看桌上的闹钟，时间已是晚上10点。

都已经过去3个小时了，不知道他有没有被淋感冒？

我有些不安地走到落地窗前，重新拉开窗帘，阳台上空荡荡一片，只有玻璃上贴了一张浅蓝色的便利贴，上面的字刚劲有力。

"虽然没有守护使的指引，但骑士的职责是守卫与战斗。如果您愿意，请来城北的公园。看到您，我们会很高兴的。"

雨夜的空气冰凉又清新，我捏着字条，心里却憋闷得难受。

"一定是因为我没有睡好，所以心里才会难受吧……"我深吸一口气，转过身将壁灯光线调暗，径直走到床边，在床上躺了下来。

我没有战斗力。

我去一定会给他们添麻烦。

安芜染也会嘲笑我是废物。

我的参考书还没有看完……

听着窗外的雨声，我一直在给自己找借口，直到思绪越来越模糊……

"叮叮叮——"

正当我睡得迷迷糊糊的时候，一直放在枕边的手机响起。

"你好，我是夏小鱼……"我艰难地摸过手机，闭着眼睛接通电话。

"夏小鱼小姐，您好，我们这里是星空医院，您的父母在回城的途中遭遇车祸，现在在本院抢救……"

手机那边的声音轻轻的，却像是一道闪电一样，驱散了我的睡意。

车祸？

来不及多想，我抓起昨天随意丢在地上的衣服套在身上，急急忙忙朝医院

跑去。

爸爸妈妈出车祸了？

我用尽吃奶的力气奔跑着，心里一百个不相信。

也许……只是同名而已！

我握紧了拳头，却发现自己的手一直在发抖，手心冒着冷汗。

"妈妈……"到了医院，看着跪倒在病床前痛哭失声的妈妈，我终于意识到这不是一个恶作剧。

眼泪顺着我的眼角流了下来，我也想像妈妈那样痛哭出声，但是所有的情绪到了嘴边，却变成了哀伤的呜咽。

"他们是在回城的途中，遭受了恶魔的袭击才变成这样的。虽然看上去是车祸，但是你爸爸精神受到重创……"奶奶从身后握住了我的手，声音喑哑地说道。

恶魔？

我的心像是被铁锤用力砸了一下，疼痛到难以忍受。

"狐岛和安芜染昨天不是已经赶去战斗了，为什么还会发生这种事情呢？"我回过头，问奶奶。

虽然知道这样不对，但我就是控制不住自己的感情。

"明明……明明他们是骑士啊——"说着，我的眼泪止不住地往下掉。

"你跟我来。"奶奶叹了口气，语气中是不容拒绝的坚定。

我回头看了一眼还沉浸在悲伤中的妈妈，默默地点了点头。

　　奶奶带我来到医院的地下室，然后在一幅画上面按了几下，原本空白的墙上突然出现了一道门。

　　"这是——"我吃惊地问奶奶。

　　"这里是星光守护使跟她们的骑士受伤以后修养的地方……"

　　奶奶一边说，一边推开了门。

　　我跟着奶奶走进去，白色病床上的小小身体，让我的心脏像是被一只无形的手用力揉搓一样。

　　"怎么会这样——"我失声喊了出来。

　　狐岛躺在病床上，身体被纱布包裹得严严实实的，几根透明的管子从纱布中延伸出来，连接病床边几个奇怪的机器，其中一台机器还呼哧呼哧地发出巨大的声响。

　　他眼睛紧紧地闭着，浓密的睫毛将他的小脸衬得更加苍白可，以前玫瑰花瓣一样的嘴唇，此时像是凋落的花瓣，干枯而没有颜色，焦糖色的头发也暗淡无光。

　　"你们一定是在骗我，对吗……像奶奶您上次住院那样，这次又想骗我去战斗，对不对？"我转过身，用哀求的目光看着奶奶，想从她嘴里听到我想听到的答案。

　　"我知道仓促间让你接受新的身份会让你很彷徨，但是我没想到你会抗拒到这个程度……"奶奶没有回答我的话，而是歉疚地望着床上的狐岛，"每个守护使都不孤单，那是因为跟她一同出现的，还有骑士。可以说，骑士是比守

护使的家人还要亲密的人。骑士引导守护使觉醒，而守护使又带动骑士能力的进化……"

听了奶奶的话，我好像抓住了什么。

"昨天的驱魔行动，你应该知道吧？我赶过去的时候，狐岛已经奄奄一息地躺在地上了。我战斗过这么多次，从没见过这么凄惨的骑士，因为只要战场上有守护使在，骑士就一定不会倒下——因为你不在，他们俩的力量连平时的三分之一都不到……"

听着奶奶的讲述，我仿佛亲眼看到了昨天他们战斗时的场景，狐岛坚守着信念战斗，还有安芜染不满但是又不服输地一次次站起来，为了保护这个城市而奋斗……

而我呢？

我却因为自己的私心在逃避责任。

我忘了自己到底是怎样走出医院的，只是等我反应过来，我已经离医院很远了。

太阳很大，但是我一点儿都感受不到阳光的温暖。

街上是来来往往的人群，我看着他们，却像是在看一部无声的动画片。

偶尔有人过来跟我说话，我却只能听到嗡嗡的声音。

心里好难过……

其实这根本不是我想要的结果啊！

我只是……

只是……

妈妈哭泣的脸，爸爸躺在病床上的样子，狐岛紧闭的双眼，还有安芫染皱着眉的模样……这些画面，像是一根根绳子一样，拼命缠绕着我的脖子，让我透不过气来。

狐岛昨天晚上应该是抱着很大的期望来找我，希望我能跟他一起去战斗吧？但是我拒绝了他。

这两个傻瓜，明明可以不去战斗的啊！在明知道没有我在，战斗力会削弱的情况下，他们还要坚持战斗……

那洁白的纱布下面，都是一些怎样严重的伤啊？

"呜呜呜——"

我再也忍不住，躲在一棵大树的背后，哭出声来。

"对不起……"我小声地说着，不知道是对狐岛说的，还是对安芫染说的，抑或是对被波及的爸爸说的……

如果昨天狐岛跟我说明情况，如果昨天我再懂事一点儿，现在的一切是不是就不会发生？

可是……没有如果啊！

"呜呜呜——"

我干脆坐在地上，背靠着大树，把脸埋在膝盖上大哭了起来。

"你有时间在这里哭，还不如想办法补救！"

一个声音在我头顶响起。

"补救？"我揉着被眼泪模糊的眼睛，眯起眼睛对了好几次焦距，才终于看清楚眼前的人，是安芃染。

安芃染俯视着我，脸色超级难看——不仅仅是脸色难看，他的脸，也好像有点儿肿。

"傻愣着干什么，你的鼻涕要掉进嘴里了！"安芃染一边说着，一边往我脸上丢了一样东西。

我拿下来一看，原来是一块雪白的手帕。

如果是以前，我一定会狠狠嘲笑安芃染，居然会用手帕这种连现代少女都不屑用的玩意儿，但是现在……

我用手帕擦了一把脸，然后狠狠地擤了一下鼻涕。

站起身，我将手帕递还给他："你……拿走你的东西，我不需要你……的安慰。"

大哭加上呼吸不顺畅，短短的一句话被我说得断断续续。

让敌人来安慰我，是我的自尊心绝对不允许的！

安芃染一把打掉了我的手，超级嫌弃地说："少自作多情！我怎么会安慰一个连沟通都有困难的白痴啊！"

"那你过来是干吗？"我一边抽噎着，一边用他的手帕又擦了擦自己要流出来的鼻涕。

"夏小鱼，你听好了，我是来告诉你，我的人生不允许出现任何瑕疵，所以我一定要一雪前耻！"安芃染说这话的时候，眼睛闪闪发光，我几乎要被这种光芒吸引了。

"所以呢？"我一时忘记了流泪，呆呆地看着他。

"我人生中第一次战败是因为你，而我的好朋友，也因为你受了重伤，这一切都是你的责任！"

这样说超级不公平好吗？

虽然我知道这件事我有很大的责任，但是他这样把所有的问题都归咎在我身上，真的好吗？

就在我想要开口时，安芃染突然弯腰，像扛沙袋一样将我扛在了肩上。

"啊——安芃染，你有病啊！快点儿放我下来！"受到惊吓的我忍不住大声尖叫起来。

"闭嘴！从现在开始，我要征用你！"安芃染一边说着，一边飞快地奔跑起来。

我用力挣扎，却不管怎样都没办法挣开，只能眼睁睁地看着整个世界反转着从我眼前掠过。

不知道被他扛着走了多久，就在我都已经习惯了面对倒转的世界时，我突然又觉得整个世界恢复了正常。

双脚踩在坚硬的地面上那一刻，我都要感动得哭出来了。

"安芃染，你……"我刚想开口指责他，他却像一阵风一样迅速消失在我

的眼前。

　　不知道他葫芦里到底卖的什么药，我只好百无聊赖地打量着四周，以免他把我带到了奇怪的地方。

　　仔细观察后，我才发现，这是一家布置温馨的餐厅。餐厅不大，只放了四五张铺着墨绿色条纹方巾的小木桌，木桌上放着一只插着玫瑰花的花瓶做点缀，四周则是高高的热带植物。清凉的水幕从天花板上落下，把餐桌隔离成了一个个独立的小空间。吧台后面是一个大大的酒柜，酒柜的正中间，放着一个造型狂野的羚羊头骨。

　　"呼——"

　　就在我为小餐厅的精妙布置惊叹不已的时候，像一阵风一样消失的安芃染，又像一阵风一样出现在我的面前。

　　他面无表情地将一盆冒着黑气的东西放在我的面前。

　　这是……

　　"吃！"安芃染一手叉腰，一手拿着炒勺，言简意赅地说。

　　"你……你就算要报复我，也不用做这个东西来恐吓我啊！"我捂着胸口，看着眼前这盘从我说话开始就换了3种颜色的烟雾，这些烟雾最后在半空中形成了一个骷髅的形状，逐渐消散了。

　　把这个吃下去，我一定会提前见到天国的爷爷吧！

　　我坚定地摇头。

　　虽然我对他们心存愧疚，但是这种违背自然的东西，我是绝对不会吃下去

的！绝不！

"这个是我找了一个晚上才找到的能突破人体潜能的办法，所以，你一定要吃下去！"安芫染一边说着，一边用力地把手上的炒勺竖着插在我面前的桌子上，然后阴冷地看着我。

"那……如果吃了没效果呢？"我看着眼前已经开始散发出奇怪味道的东西，屏住呼吸说道。

"不可能没有效果。吃完之后一定会有变化。一盘不行吃两盘，两盘不行就吃到有变化为止！"安芫染眼神迷离地望着我身后。

不知道为什么，我总有种如果我不吃，他一定会把我绑在柱子上，然后直接用填鸭的方法把东西塞进我胃里的感觉……

好冷！

我狠狠地打了个寒战，然后拿起勺子，认命地挖起一坨那东西塞进嘴里。

"呕——"

奇怪的东西刚进入我的嘴里，一种难吃到不能用语言来形容的味道瞬间占据了我的嘴巴，然后蔓延到我的胃里，通过血液循环到全身，渗透进每一个细胞……

我刚想吐出来，却突然看见了安芫染那要杀人般的目光，我只好捂住嘴巴，强逼自己吞了下去。

好难吃！

我觉得自己的血液和细胞都要变成这种难吃的东西了！

一口吞下去，又送上另一口……

我一边疯狂地吞咽着，一边感受着每吃一口，那种味道把我全身都洗礼过一番的感觉。

好难吃，好难吃！难吃到身体不听使唤，脑浆都要凝固了！

在安芜染将第四盘摆到我面前的时候，一种火热的感觉从我胸口升起。

身体像是浸泡在热水里，周围看见的一切都像是包裹在一层红色的果冻中，安芜染的脸扭曲成了一个奇怪的形状。

他靠近我，好像在说些什么，但是我根本听不清楚。

面前的墙壁上突然出现了一个黑色的小点，然后那个点慢慢变大，一扇上面布满奇怪花纹的哥特式大门出现在我的眼前。

"魔界之门！"安芜染惊讶地喊道。

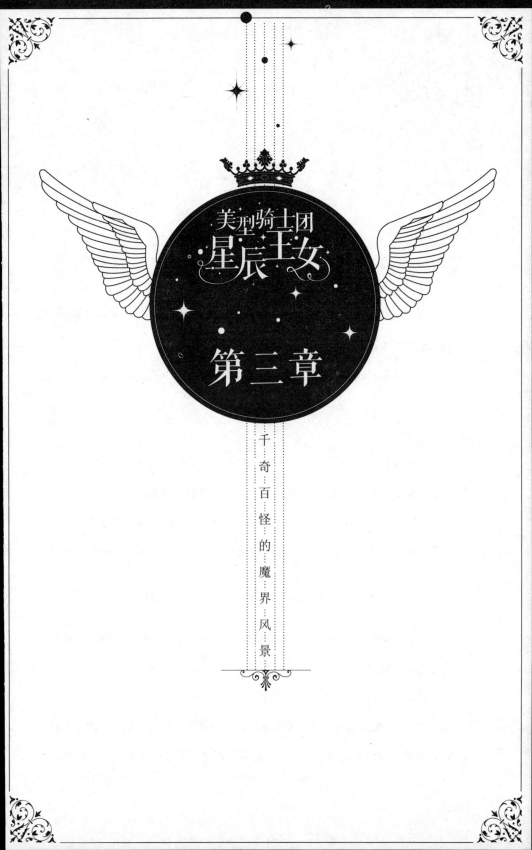

美型骑士团

星辰王女

第三章

千奇百怪的魔界风景

身体像是要被从里到外焚烧掉一样，我单手撑在桌子上，另一只手捂住胸口做着深呼吸。

"夏小鱼，我成功了！"安芫染愣愣地看着凭空出现的魔界之门，口中念叨着。

"呕——"

好难受！

我强忍住心中那股要爆发的力量，努力维持着意识的清醒。

"哈哈哈，我真是个天才，凭借着古书中的几句话，就弄出了传说中超强的潜力激活配方！"安芫染一改往日冷酷的形象，一边人喊着，一边围着桌子转起了圈。

等等——

"安芫染……你……呕——居然拿我做实验？"我倒吸一口气，不敢相信自己刚才听到的。

我居然吃了三大盘配料不明的东西？

"呕——安芫染……我只知道你卑鄙，没想到你居然会这么卑鄙！你是不是害怕我下次考试超过你，所以，这些东西里面一定有什么损害大脑的材料

吧？"我惊恐地猜想。

安芄染转过头，嫌弃地看了我一眼："就算是初次实验，你也没有资格指责我！手下败将！"

"你——你——"我生气地冲上前，踮起脚尖，拽着安芄染的衣领，却一句完整的话都说不出口。

"你快感谢我吧，是我激发了你的潜质。虽然不知道有什么后遗症，但是能召唤出魔界之门，就算你以后真的变蠢了，也没有什么好抱怨的。"安芄染扭过头，嫌弃地将我的手指一根根从他衣领上掰开，"还有，人矮就不要学别人揪衣领了，你这样挂在我身上好重！"

什么？

安芄染，你这个坏家伙！害我吃了那么难吃的东西！真想吐你一脸，让你也好好品尝一下你的杰作！

"好了，我们走吧。"

就在我想尽一切办法要回敬安芄染对我的羞辱时，安芄染突然拉着我的衣领，向打开的魔界之门走了过去。

"喂——我们这样下去是不是太仓促了啊？喂，安芄染你放开我，我自己会走！"我一边嚷嚷着，一边用力挣脱他的手。

挣扎中，我的脚好像绊到了什么地方，身体直直地向安芄染扑了过去。

而安芄染丝毫没有防备，也被我带着向前滑去。

闪着诡异紫光的魔界之门离我越来越近，越来越近……

"夏小鱼！你难道不知道进入魔界之门还要念咒语吗？贸然进去会被传送

到别的区域！"

进大门之前，我好像听到了安芫染愤怒的吼声。

一阵金光向我迎面扑来，我的大脑像是被无数参考书砸过一样，晕晕乎乎的，只记得要抓紧手中握着的安芫染的衣角。

"沙沙沙……"

耳边响起了下雨的声音，鼻尖也全是下雨时那种清爽而又湿润的气息。

"嗯——"

我翻了个身，用脸蹭了蹭身下柔软的草地。

咦？

草地？

我猛地睁开眼睛，坐直了身体，脑中回想的，是最后跟安芫染一起掉进魔界之门的景象。

"安芫染……"我大大地喘了一口气，猛然发现手中拽着的，是一截从安芫染衣服上扯下来的布料。

我把他的衣服扯烂了！

一想到他可能会有的反应，我不禁打了个寒战。

不过……他现在在哪里啊？

我茫然地环视四周，翠绿的草地被铺成了一个个小方格，上面种满了造型怪异的景观树；巨大的南瓜上和伸出的黑色的细枝丫上都挂着闪闪发光的宝石

一样的东西，雨水从天上落了下来，但是还没接近地面，就全都被那些闪光的宝石吸了进去，然后化成一道小小的彩虹出现在空中。

巨大的绿色植物被修剪成圣诞树的样子，一只只小松鼠忙碌地在上面穿梭，将装饰点缀其上。

一条散发着甜甜香味的河逆流而上，河里冰晶一样的鱼跃出水面，吞下从南瓜上掉落的宝石。

"这里是……童话世界吗？"我揉了揉眼睛，开始思考自己到底是在做梦，还是真的到达了魔界。

背后突然有什么东西在蹭我，暖暖的、软软的。

我抬起头一看，一只跟我差不多大的白兔，撑着一把透明的伞站在那里，眨巴着翠绿的眼睛看着我。

"吱吱——"

几只粉红的小兔子从我背后钻了出来，好奇地舔了舔我的手，然后躲在大兔子身后，探出半截身字看着我。

"你们知道跟我一起来的人在哪里吗？"我伸出手，刚要摸摸它们的头，大兔子不知道从哪里拿出了一本书递给我。

我接过来一看，书的封面赫然写着《世界机密参考题库》。

"啊！这个就是全球限量5本，其中3本被某国王子私人珍藏，剩下的两本在拍卖会的运送途中，被神秘人抢走的那本书吗？"我看着书名，忍不住喊了出来。

好紧张、好激动……

这么珍贵的书就在我手中！

啊——要是我不小心松手，把它掉到地上了怎么办？

我一边甜蜜地苦恼着，一边激动地翻开了第一页。

咦？

我翻来覆去地看着，却发现这本超级高级的参考书，里面居然被人用签字笔画了各种各样的鬼脸，好多参考题关键性的词语都被覆盖了。

啊——

简直太可恶了！

我抬起头，怒气冲冲地对着大兔子说："这本书的主人是谁？快点儿告诉我！是你的主人吗？"

兔子眨着眼睛，呆呆地望着我。

气死我了！这个对参考书做出不可饶恕事情的人，最好不要让我看到，不然我一定会好好教训他的！

快点儿来个人告诉我，第三页的第四题，被涂掉的那几行字到底写的是什么！

"小兔兔——你这个小调皮，又把我的涂鸦本藏到哪里去了？"

就在我还为这本超珍藏版的参考书被毁而痛心不已的时候，不远处的灌木丛中突然传来一个尖细，但是混合着沙哑的、难听的声音。

兔子冲我挥了挥手中的伞，一蹦一跳向远处跑去。

"小兔兔——"

声音离我越来越近，因为声音太难听了，导致我有种想一睹声音主人真容

的冲动。

"小兔——"

随着声音的靠近,一个染着粉红色头发的脑袋从灌木丛里探了出来。

"小兔兔——你怎么长成这样了!我好痛心!"那个脑袋晃动了几下,然后整个人从灌木里爬了出来。

一个满身肌肉、个头像小山一样庞大的身躯出现在我面前,瞬间遮住了我头顶的光亮。

而那粉红色的头发像个气球一样,差点儿晃瞎了我的眼睛!最让人无法忍受的是,他脸上覆盖着厚厚的白粉,眼睛贴着超长的假睫毛,还涂着金色、紫色、粉色的眼影,厚厚的嘴唇也是跟头发同色的荧光粉。说话的时候,还翘着兰花指,嘴巴嘟得老高,一只手托着腮,另一只手提着荧光粉和荧光绿的条纹短蓬蓬裙摆,裙子下面的腿毛迎风飘扬。

感觉眼睛要瞎掉了……

我忍不住拿参考书遮住眼睛。

"哎呀,就说要你不要随便拿人家的涂鸦本。你看,坏孩子就会变成这个丑模样!"金刚芭比一边娇嗔地说着,一边要伸手来抱我。他粗壮的手臂划过空气,我仿佛听到了呼呼的声音。

"你说谁丑呢!你才丑!"我气呼呼地躲开了他的恐怖一抱,仰起头冲他喊道。

"你居然敢说我玛丽莲·赫本·吐大王丑!你一定不是我可爱的小兔兔!你这个偷了我的机密涂鸦的小偷!是不是你为了得到第四界秘密,残害了可

爱的小兔兔！"金刚芭比冲我尖叫着。

嗯？

涂鸦本？

"你说的涂鸦本……是这个？"我皱着眉，试探地问。

"是啊！人家当年旅游的时候看见有个超级适合人家的装饰盒子，就顺手带回来用了，谁知道里面还有两本写满了字根本不能用的书，一本我拿来折飞机了，这一本我最近刚好缺涂鸦本，就顺手拿来用喽。"金刚芭比噘着嘴，双手交叠，身体左右晃动着，说道。

果然是他！

"你知不知道这是本什么书？"熊熊怒火在我心中升起。

不能原谅！

不可原谅！

对参考书不尊重，犯下大罪的人，一定要接受参考书之神的惩罚！

"啊——受死吧！你这个参考书的敌人！"

不知道哪里来的勇气，我飞扑到金刚芭比的身上，然后拿着参考书用力地向他头上打去。

因为穿着高跟鞋，重心不稳，金刚芭比晃动了几下之后，居然轰然倒下。

"嘤嘤嘤……真是太讨厌了，你一定是嫉妒人家的美貌，对我的脸狠下毒手！"金刚芭比一边用手捂着脸，一边嘤嘤地哭诉。

这也是……魔王？

太弱了吧！

面对控诉，一时之间，我居然有些下不了手。

"太过分了……简直太过分了……伤害了我美貌的脸，简直不可饶恕！"

"卫兵！有侵入魔界的入侵者，她一定是在觊觎我美丽的脸——不，一定是要对魔王殿下不利！快保护我——不对，是保护魔王殿下！"

趁我分神之际，金刚芭比突然飞快地推开我，一边跑一边大声喊着。

糟糕！他在招呼同伴！

像是听到了我的心声，他突然娇俏地转过头跟我解释："才不是呢，他们是守卫魔殿的卫兵，才不是我的卫兵呢。人家这么可爱，才不会有那么恐怖的同伴！"

有差别吗？

我一句话还没说出口，一大群身穿黑色铠甲、手拿重剑、骑着骷髅马的骑士就像一片乌云一样气势汹汹地包围了我。

"驱逐侵略者！驱逐侵略者！"

他们一边喊着整齐的口号，一边缩小包围圈。

"有没有搞错啊！我只是一个平凡的少女，要不要制造这么大的声势来对付我啊……"心里虽然害怕得要命，但我嘴里还是忍不住抱怨了起来。

"啊——"

一把巨大的镰刀向我挥了过来，我一边尖叫，一边蹲下身体躲了过去。

我还没稳住身体，又一把斧头劈了过来。

"啊——"

我被迫在地上打了一个滚。

呜呜呜，谁来救救我啊？

就在我想站起来的时候，一匹骷髅马高高扬起前蹄，直直地向我的脑袋踩了下来。

躲不掉了！

我的心狂跳着。

我没有跟任何人说一声就来到了魔界。

要是我死了，奶奶会知道吗？爸爸妈妈会难过吗？狐岛……会原谅我吗？

真不甘心啊……我还没有看够参考书，还没有走上人生巅峰，连期待已久的考试都没有来得及参加。

我夏小鱼的人生如此短暂而又又充满了遗憾。

"喂，你以为遇到危险的时候发呆，敌人就会看在你蠢的分儿上放过你吗？"

预料之中的疼痛久久没有到来，耳边响起了一个熟悉的声音。

"安芫染！"

我回过神来，看见马蹄在离我十几厘米的地方停了下来，像是踩在了一堵看不见的墙壁上面。

得救了！

一时间，我居然连听到安芫染的讽刺都觉得很开心。

"安芫染，安芫染——"

我顺着声音看过去，安芫染正骑在一匹骷髅马上，面带讽刺地看着我。而他身上也整洁不到哪里去，浑身上下都是泥土，衣服也破破烂烂的，跟他一贯

高贵的形象有很大差别。

"不要叫我的名字！被你这么蠢的人叫，我也会被传染愚蠢病毒的！"安芫染一脸嫌弃地说。

"哗——"

似乎发现了他们之中有一个卧底，穿着盔甲的骑士突然分成了两队，一队冲向了安芫染，另一队则把我包围了起来。

"白痴！你能先变身吗？你这样，我一点儿力量都使不出来啊！"安芫染抽出他惯用的银剑，狠狠砍向一个骑士的头盔。头盔掉落在地，从盔甲上的破洞里飘出一道黑烟，剩下的盔甲迅速倒塌，化成一堆废铁，骷髅马也散落成一堆骨头。

"你这么厉害，干吗还要利用白痴的力量啊！"我躲过一次攻击，抽空回嘴道。

呜呜呜——好恐怖！原来骷髅马是没有眼珠的！刚才一不小心对视上，太令人胆寒了。

"夏小鱼，要不是因为你突然把我推了进来，害我不能念咒语，这时候我应该坐在家里喝着管家给我用大吉岭红茶泡的奶茶！"安芫染一边说着，一边故意将一根骨头挥向我。

"你——啊——"

我还来不及回嘴，一面超级大的盾牌向我压了过来。

突然腰上受力，我被人拖出了盾牌的攻击范围。

"啊——"

"闭嘴，你暂时没事了！"安芁染皱着眉，在离我超级近的地方说。

这时我才发现，自己是被安芁染救了。

"我……我才不要你救我，我自己可以的……"虽然心里很感激他，但我还是嘴硬地辩解。

一个骷髅骑士向我冲了过来，安芁染将我护在了身后，举起剑便挥了过去。失去了坐骑，安芁染应付起来似乎有一点儿吃力。

我咬了咬嘴唇，从口袋里掏出带着体温的权杖。

"以圆周率为契机，请给我小数点后面10000位的祝福……"

口中念出咒语，一股温暖的光芒将我包围。

衣服更换了，原本半长不短，像稻草一样的头发，变得光滑柔顺起来，细小的铃铛点缀其中，只要轻轻晃动，飘逸的长发之间，就会闪动金色的光芒。

"这样下去不行，我们必须找到突破口，马上进入魔王城才行。"安芁染背对着我，喘着粗气说道。

"可是魔王城在哪里啊？"我双手握着变成巨大饮锤的样了，但是重量没变的权杖，用力砸倒一个骷髅。

原来变身还是有用的，至少我也有战斗力了。

就在我沾沾自喜，想多打倒几个敌人练手的时候，整个世界突然倒转了，安芁染又像扛起用麻袋论斤装的参考书袋一样，把我扛在了肩膀上。接着他好像向天空召唤了什么，然后我们离开了地面，并且越升越高。

"啊——安芁染，你能不能换种方式啊？你要逃跑，我一定会配合你的！"我头朝下，愤怒地朝着安芁染喊道。

"我跟你有智商上的鸿沟，跟你说还不如直接行动来得快。"

啊啊啊！

我刚才拿到锤子的时候，第一件事应该往安芃染的头上砸一下，说不定这样能把他的性格变好那么一点点。

我握紧了手中已经变回钢笔大小的权杖，想象着能不能再次变成大锤，然后给安芃染的后脑勺补上一锤。

风呼呼地从我耳边刮过。

"喂——安芃染，我要保持这个姿势到什么时候啊？"我头昏脑涨地倒挂在安芃染肩膀上，看着安芃染脚下的云层。

哼，会召唤空气了不起啊！空气这种不稳定的物质，谁知道会不会突然失去控制！

就在我还在心里碎碎念的时候，周围的气流似乎真的变得不稳定起来。安芃染的身体开始剧烈晃动。

"啊——安芃染！我们不是要掉下去了吧？"我一边大声喊着，一边下意识地紧紧抱住了他的大腿。

"你给我闭嘴！还有，快松开我的大腿！"安芃染的声音压抑中又带了一些别的情绪。

"才不要。万一掉下去了，我可是头先着地，万一摔傻了怎么办！抱着你的大腿至少还可以缓冲一下！不过，你的腿可能要摔断了！"

要不是腾不出手，这时候我真想得意地朝他做个鬼脸。

"夏小鱼……"安芜染的声音传到我的耳中，带着一股咬牙切齿的味道，"我觉得你的乌鸦嘴里说出的话可能要成真了。"

"啊——"

身体突然不断地向下坠落，我吓得闭上了眼睛。

呜呜呜，我就说不要做什么星光守护使！奶奶，快救我啊！

失重的感觉很糟糕，耳边是呼呼的风声。脑子里全是一些乱七八糟的东西，想要回忆一点儿具体内容，却发现整个记忆都像一盘散沙一样，根本凝聚不起来。

"啊——我不想死——"

从这么高的地方摔下去，我一定会粉身碎骨的！

像是为了得到安全感，我紧紧抱住了安芜染。

咦……奇怪……

怎么这么久还没掉到地上？

"喂，你还想抱到什么时候？"安芜染不耐烦的声音传到我的耳中。

咦？难道我们安全了？

我睁开眼睛，不知道什么时候，我跟安芜染已经变成了面对面的姿势，悬在了空中，而我的手紧紧地抱着他。

一阵风吹过，我跟安芜染在半空中晃啊晃啊……

"喂，安芜染，你这样倒挂着不觉得难受吗？"我一边扯开话题，一边偷偷松开了手。

安芃染神色复杂地看了我一眼："你以为是我故意这样做的？"

难道不是？

我环视四周。

不知道掉落到哪里，周围看上去超级眼熟的植物大得可怕。我跟安芃染被一条手臂粗的白色绳子倒吊在一颗像是向日葵的巨大植物的叶子上。

比我的头还要大的蒲公英的种子从身边飞过，然后消失在我的视线内。

"这是……哪里？"我疑惑地问。

"魔王的后花园。我在查找潜能药水的资料时，看到有书上说，魔王的后花园里，所有的植物都超级大，相对的，昆虫也会变得超级大……"

安芃染说着，神色突然变得严肃起来，接着，他的一只手搂住了我的腰。

我的心突然加速跳动了一下。

这一刻，我竟然觉得，就这样跟安芃染倒吊在一起也不错。

"那个……"我扭过头，有点儿不好意思再看他，眼角余光却扫到了一个黑乎乎的，有着无数复眼、一对獠牙、八条腿的家伙挣慢慢向我们靠近。

我张开嘴，刚想说话，安芃染微微摇头，示意我别开口。他单手召唤出长剑，一只手搂着我的腰，放慢了呼吸的速度。

大象那么大的蜘蛛在蜘蛛网上爬行着，虽然个头很大，但是速度居然一点儿都不慢。

我握紧了手中的权杖，发现权杖不知道什么时候变成了一根巨大的火柴。

这不太对吧！

为什么之前打骷髅骑士的时候是锤子，现在却是一根火柴！

"呼——"

大蜘蛛突然张大嘴向我们扑了过来，黑色的螯牙闪动着诡异的光芒。

"要……要死了吗？"面对这样恐怖的景象，我吓得连说话都结巴了。

"闭嘴！"安芃染脸色超难看地朝我吼道，然后像荡秋千一样用力晃荡着蜘蛛丝。

蜘蛛一下子扑了个空，身体直直向地面坠落。

但是没等我高兴太久，大蜘蛛就从腹部喷出一道白色的丝射向我们。

安芃染双腿一蹬，居然抓住了蜘蛛网的主体。

用力割开绑住我们的蜘蛛丝后，我晃晃悠悠地站在了蜘蛛网的边缘。

虽然知道蜘蛛网有足够的韧性和强度，但是这种又黏又恶心的东西，我这辈子都不想再碰到。

"安芃染——"

我回过头，看到了让我胆战心惊的一幕。

巨大的蜘蛛利用喷射的蛛丝，飞快地来到了安芃染的背后，而安芃染正在处理黏在身上的蜘蛛丝，根本没有注意到身后的危险。

我想跑过去，却发现鞋子被蜘蛛丝粘得牢牢的，根本抬不起脚。

怎么办？

虽然很讨厌安芃染的毒舌，也有点儿恨他没有经过我的同意将我带进了这个恐怖的空间，但他是我的同伴啊！

他虽然嘴上一直在嫌弃我，遇到危险时却总是将我挡在他的身后。

我不能眼睁睁地看着我的同伴遇险。

"蜘蛛丝的主要成分是甘胺酸、丙氨酸，以及小部分丝胺酸，加上其他氨基酸单体蛋白质分子。"

在我心急如焚的时候，脑中突然不受控制地闪过一句话。

对了！

大分子物质在高温下一定会发生改变的！

"安芃染！我来帮你！"

我举起变成火柴的手杖，向安芃染扔了过去。

火柴在空中突然燃烧起来，然后像长了眼睛似的向安芃染那边飞了过去。

安芃染看见飞向他的火柴，脸色变了。

"轰——"红色的火焰在接触到蜘蛛网的一瞬间迅速蔓延开来，大蜘蛛也被火焰包围了。

太好了，安芃染得救了！

没了蜘蛛丝的支撑，我的身体开始向下坠落。

"你的脑子是被蜘蛛丝糊住了吗？"赶在我掉到地上之前接住我的安芃染脸色发青地冲我喊道。

什么？

不是道谢吗？

安芃染，你是不是拿错剧本了啊？

我这么机智地救了你，你不表示感谢也就算了，干吗还骂我！

"你这个人很奇怪啊！我明明救了你啊！"脚踏上坚实土地的我，愤怒地用变为镰刀的手杖砍开了一棵拦路的草。

“你年级第二的成绩是买来的吧！你怎么不想想，你的那个举动可能会把我们烧死。”

“不是没有被烧死吗……”我想起刚才那一瞬间燃起的大火，还有下落时那一缕缕飘在空中的火焰，以及现在都还没有散去的蛋白质烧焦的特有的味道，心虚到就算他诬蔑我的成绩，也没敢反驳。

“哼！你以为我会输给那只蜘蛛吗？我那是诱敌深入，你不明白吗？”原本走在我身后的安芁染突然大步追上我，抽出长剑，像是泄愤一样开着路。

“好啦，就你厉害。你那么厉害，不也打不过魔王……”我瘪撇撇嘴，跟在后面小声地抱怨。

“你说什么？”安芁染猛地转过身，阴森森地说道。

呜呜呜——好可怕！

到底哪里出了错啊？明明是这么可怕，脾气又坏的人，为什么学校的女生都把他当成白马王子！

我要是做梦梦到他，一定会被吓醒的。

不知道走了多久，一直在前面开路的安芁染也有些气喘吁吁了。

“呼——我说……我们现在到底在哪儿了？”我停下脚步，气喘吁吁地看着前面看上去无边无际的丛林。

“魔王后花园。”安芁染头也不回地答道。

“那我们怎样才能进入魔王的城堡呢？”我不耻下问。

“只要我们愿意寻找。”

所以，他的意思是他根本不知道魔王城堡的具体位置，是吗？

我看着身后被砍倒的无数花花草草，感觉之前流过的汗其实就是我现在要流出的泪。

"我不要走了！"失望透顶的我干脆一屁股坐在了一片干枯的树叶上。

好累……好饿……

"都是你的错！说要来打魔王，说得好像你跟魔王约好了一样！现在困在这里，我们却什么办法都没有……"从一开始累积起来的情绪，在这一刻全都爆发了出来。

爸爸妈妈遇到了车祸，被莫名其妙带到这个诡异的世界，被追杀，还差点儿成了蜘蛛的腹中物，现在更搞笑的是，我们在一片连路都不清楚的地方瞎转悠……

"呵呵呵，是谁那么蠢，走路也会摔跤，还连累我来不及念咒语？说白了，还是因为某个人自私地想逃避责任，害得自己的同伴受伤，才不得不自作自受！"安芫染站在不远处，凉凉地说道。

"你还敢说！身为一个骑士，居然攻击守护使！"

"对不起，我只看到一个胆小鬼。请问守护使在哪里？"

"你！"

"叽——"

就在我跟安芫染吵得脸红脖子粗的时候，一个粉红色的身影出现在了我的视线之内，转移了我全部注意力。

肥大的、毛茸茸的身体，碧绿的眼睛，还有那招牌的透明雨伞。

"小兔兔？你怎么在这里？"

我惊喜地扑了上去，抱住了我在这里认识的唯一的朋友。

"粉红色的兔子？"

原本已经做出防御姿势的安芃染，在看到我跟小兔兔的亲密接触之后，也收回了长剑，好奇地在它粉红色的身上揉捏着。

对了，小兔兔一直都在魔界生活，是不是代表着它对这里很熟悉呢？

"小兔兔，你是不是对这里很熟悉啊？"我摸着它软绵绵的肚子问道。

"夏小鱼，你没毛病吧？你居然跟一只兔子问路？"安芃染发出不屑的嗤笑声。

"叽——"

听了安芃染的话，小兔兔愤怒地把前爪举向天空挥舞着。

"安芃染，你快点儿向小兔兔道歉！它不是普通的兔子，它是一只有思想的兔子！"

虽然小兔兔是只兔子，但我也绝对不允许安芃染嘲笑它。

"叽——"

像是在配合我的话，小兔兔表情严肃地点点头。

"哼——"安芃染不屑地扭过头。

像是心有灵犀般，我跟小兔兔同时冲安芃染做了个鬼脸。

"小兔兔，你知不知道魔王的城堡在哪里？"我小声地问。

小兔兔看了我一眼，迷惘地眨了眨眼睛。

"哈哈哈——高智商的兔子？"安芃染看见了这一幕，立刻捂住肚子大笑起来。

　　我瞥了他一眼："不好笑就不要勉强笑出来，节省点儿体力好吗？"

　　"不！"安芫染严肃地拒绝了。

　　"小兔兔，那你知道有没有一座房子，里面有特别特别多的人看守，还不让人靠近？"我思考了一下，觉得之前说得有点儿含糊，于是换了一个说法。

　　嗯，魔王在的地方一定会有好多护卫，所以，卫兵多的地方，一定是魔王的宫殿！

　　听了我的话，小兔兔对我点点头。

　　"你真的知道？"看见小兔兔的动作，我觉得好像看到了光明。

　　"你能带我们去吗？"我双手交握，举到胸前，做出一副拜托的姿势。

　　"叽！"小兔兔重重点了点头，耳朵一颤一颤的，右爪拍了拍自己的胸口，一副"包在我身上"的庄严架势。

　　"谢谢！"我抱着小兔兔，在它脸上狠狠地亲了一口。

　　小兔兔揉了揉脸颊，然后转身走了几步，掀开了地上一片树叶，回头看了我们一眼之后，钻了进去。

　　"真不敢相信，我们离目标居然只有几步的距离……"我难以置信地看着那被我踩过好几回的树叶，喃喃地道。

　　安芫染推开我，径直走到了洞口边："跟在我身后，不要给我添麻烦。"

　　这条路明明是托我的福找到的啊，你说点儿好听的不行吗？

　　我腹诽着，愤怒地踹了一脚洞口的稻草，跟了进去。

　　在我撞了无数次的石头之后，小兔兔突然冲我们做了一个收声的动作，然后长长的耳朵转了转，像是在听声音。随后它伸出爪子，小心地从墙上抽出了

一块砖。

一缕金色的光芒从那个孔洞中射了进来。

我小心地透过孔洞向外张望，目测有20多个身穿盔甲的卫兵，正严正以待地看守着一扇门。从我这个角度看，那里似乎没有任何门和窗户。

有这么多卫兵守卫的地方，一定是魔王的宫殿吧？

"小兔兔，谢谢你！"我轻轻拥抱了小兔兔，小兔兔对我点点头，然后消失在了来时的路上。

"应该就是这里了吧。"安芜染对我说。

我握紧了手中的权杖，冲安芜染点点头。

魔王，受死吧！

美型骑士团
星辰王女

第四章

不太对劲的魔王大人

我跟在安芄染的身后，小心翼翼地观察着周围的动静。

再也不能给安芄染侮辱我的机会了！

我攥紧手中的权杖，打量周围的环境。

是的，我夏小鱼可不是一般人，就算不是星光守护使，我也是全年级第一，我可是品学兼优的好孩子！

"砰！"

还没等我反应过来，脚下一个不稳，我已经摔倒在地。

"你个笨蛋，难道非得让我和你死在一起你才高兴吗？"安芄染回头狠狠地看了我一眼，说道。

"喂！"我刚大喊出声，就被安芄染捂住了嘴巴。

"小声点儿！"

安芄染的速度完全可以媲美闪电，前一秒他还优哉游哉地站在我旁边，下一秒他已经来到我跟前捂住了我的嘴巴。

"脑子里面跑火车的白痴，你知不知道这是什么地方？你知不知道城堡周围有多少士兵？你知不知道只有我是根本不能护着你全身而退的？你知不知道

你再这么蠢下去，所有人都会死！"

耳边不断响着安芃染的数落，就像春节的时候放的鞭炮，噼里啪啦的，别提多难听了。

我知道，我什么都知道。就因为我的懦弱，害得爸爸现在昏迷不醒；就因为我的懦弱，让樱寻狐岛重伤在身。

如果我不懦弱，就不会出现现在这样的情况，但是……

该死的安芃染，你再不把手从我的嘴巴上拿开，我就真的死了！

"呜呜呜！"

我极力挣扎着。

我得活着打败魔王，但前提是我得活着！

安芃染也察觉到了我的不对劲，连忙松开手。

清新的空气顺着鼻腔和口腔进入我的身体，氧分子给我带来愉悦的心情。

"得救了！"我大口喘着气。

这次我学乖了，我可不想死在安芃染的手下。如果去了天国，爷爷问我怎么来的，我回答是被一个男孩捂死的，那他一定会一脚把我踹到地狱的！

"白痴！"安芃染看我没事了，忙从地上站起来，然后又恢复成那副不可一世的王子模样。

我抬头看着他，阳光下，他一身银色铠甲闪烁着异样的光芒，衬得他就像从天而降的神祇。

骄傲的神祇！

哼！

"你就不能好好说话？"我抚着胸口，贪婪地呼吸着新鲜的空气。

"我从来不会和白痴好好说话。"安芃染依然一副冰山脸说道。

"安芃染，你成心和我作对，是不是？我算是看出来了，从你到了学校之后就处处和我作对。我倒是想问问你，我夏小鱼哪里惹到你了？我是烧了你的参考书，还是把你的试卷扔到河里去了？就算是你得了年级第一，我什么时候报复过你？你为什么每次见到我都恶言相向！简直就是东郭先生救过的狼，农夫救过的蛇！没有人性！"我低声冲他吼道。

我艰难地从地上爬起来，还好没有受伤，现在我只想尽快找到魔王，打败他，然后回家！

"你从来没有救过我！东郭先生和农夫比你聪明一百倍！"安芃染说完之后，转过身。

"喂，你怎么不说话了？"我的心里满是不平衡，哪有这么讨厌的人，说完别人的不对就转过身去，真是太没礼貌了！

"安芃染，你……"

"说话之前先看看自己的衣服！"我还没说完，就听安芃染低声说道。

我低头看了一眼。

啊！怎么搞的，胸前的扣子竟然开了！

讨厌！谁来把安芃染这个坏人收了啊！

"别再浪费时间了！"我正整理衣服，就听到安芃染咬着牙说道。他英俊

的面庞在阴影的掩映下显得异常狰狞。

"我知道了！"

面对一个时刻对我恶言相向的敌人，我决定好汉不吃眼前亏，顺着他的话说。还是尽快找到魔王打败他，然后回到原来的世界吧。

我和安芃染一前一后偷偷从缝隙中走了出来。我们前脚刚踏出藏身的洞穴，那个洞穴就消失了，而之前看到的没有窗户的房间，还有守卫的士兵，就像蒸发了一样，消失得无影无踪，取而代之的，是一座城堡。

"怎么又是这座城堡？是不是小兔兔带错了路？"我拉住安芃染的衣服，焦急地说道。

安芃染回过头，脸色十分严肃。

"我们……我们不会……不会有事情的，对吧？"我吞了口口水，小心翼翼地看着安芃染。

此时太阳已经西斜，阳光照在植物的顶部，洒下一片阴影。我觉得凉快了许多，但是安芃染的脸色，让我觉得自己坠入了冰窟。

"你就是再用些力气，脑子也不会变聪明的！"安芃染动动嘴唇，恶毒的话语又从嘴里冒了出来。

"安芃染，我说什么了？我只是给你一个比较好的建议。你看看前面的城堡，是不是根本就没有动过地方……"我指着城堡的位置，对安芃染说道。

"城堡是死的，怎么可能会长着腿到处跑？说你是白痴你还真是不辱没这个名号！"安芃染说着，忽然伸手揽住我的腰，然后往上一跃，"我觉得小兔

兔没有带错路，我们看见的都是幻象，这里才是真正危险的地方。哼，藏在幻境中的真正的城堡……难怪这么久以来一直都没有人找到……"

我只觉得耳边传来飕飕的风声，往下一看，只见地面离我们越来越远。

"啊——"

"不想死就闭嘴！"安芫染厉声说道。

我忙捂住嘴巴。人在屋檐下，不得不低头。现在我离地面这么远，如果真的被安芫染扔下去，会死得很惨的！

等我再次回过神的时候，安芫染已经带着我停在了一根碧绿色的枝丫上。

"这是什么？我看过的参考书那么多，却从来没有见过这么奇怪的树！"

眼前是一望无际的绿色平地，平地上长着半人高的白色半透明叶子，如果安芫染不是带着我往上跃，我还真的以为自己到了世外桃源。

"你最好不要随便乱走，这是向日葵的叶子，支撑力不是很好，如果随便乱动，一个不留神掉下去，我可不会救你！"

此时安芫染正将手伸直搭在额前看着远处的城堡，嘴上却一直不闲着。

"谁用你……"我嘟囔了一句，然后前后打量起来。

我想起之前安芫染说过魔王后花园里的动植物和昆虫都比别的地方的大，原来这和我差不多高的白色半透明叶子是向日葵叶子上面的绒毛啊，难怪摸上去毛茸茸的。

我小心翼翼地转身往前走了两步，也学着安芫染的样子手搭凉棚往前看。

从半空中望去，视野开阔了很多。眼前是一望无际的向日葵花丛，再往

前，便是姹紫嫣红的花田……在阳光的照耀下，这座魔王的"后花园"那么美，美得甚至有一点儿不真实。

再加上万里无云的湛蓝天幕、时不时掠过的俏皮的飞鸟，以及远处巍峨的城堡……如果不是早就知道这是魔界，我真的会以为这是童话中的王国。

就在这时，刚刚飞过的鸟儿在我的视线中越来越近了。

"安芫染，你看那鸟儿是不是越来越大了？"我指着离着我们越来越近的黑点，对安芫染说道。

"笨蛋，我们被发现了！"安芫染往后退了两步，将我护在身后。

只见黑点正快速朝我们飞来，同时天空中传来了奇怪的叫声："喵！有敌情！喵！有敌情！喵！快飞！"

"呜哇呜哇！"

黑点近了我才发现，原来是一只穿着盔甲的猫坐在一只大雁上，说大雁只是因为形体上像，个头比大雁要大很多。

"这是什么啊？"我躲在安芫染的身后，看着眼前越来越多的大雁和猫，心中一阵慌张。

"这是魔王的雁阵。我们被发现了，你老实点儿，我来解决就好。"安芫染将我往后推了推，然后开始掐诀念咒。

我在一旁看着安芫染认真的样子。我们两个人站在一片向日葵叶子上，周围一点儿遮挡都没有，前面是越聚越庞大的雁阵，但是在这个时候，安芫染却一点儿都不慌张。

也许我真的像他说的那么没用？

想起因为我的懦弱至今昏迷不醒的爸爸，还有受伤的樱寻狐岛，我握紧了手中的手杖，慢慢地走上前。

"让我试试。"我对安芫染说道。

安芫染眉头动了动，停止念咒。他转过头，一脸不信任地看着我。

"我……我可以帮忙的！"

不知道为什么，看到安芫染的样子，我心中没来由地慌张，是不是我打扰了他？为什么一定要用战争解决问题，大家就不能坐在一起考试吗？谁得第一谁说了算。

好吧，第一名肯定是安芫染，但现在最起码我们两个是一个阵营的。

一想到那本《世界机密参考题库》，我的心就一阵阵地抽疼。

对！为了我的参考书，为了能在下一次考试中将安芫染打败，我一定要活着回去！

我深吸了一口气，抬头看看安芫染，坚定地对他说道："让我试一试，我是星光守护使，我一定可以的，我们会胜利的！"

安芫染听到我的话，非但没有任何感动，脸上反而满是嘲讽之意。

"我还以为你打断我是因为你有什么方法，结果你说的都是些废话。哪怕你有一丁点儿靠谱，也不会逼得我非要来魔王的城堡！"

"我也是想帮你……"

"如果你想帮我，就不会在最关键的时候打断我！你到底有没有常识！退

后！赶紧的！"

安芫染说完，一把将我拽到一边，准备继续掐诀念咒。

我气不打一处来。我是真的想帮忙，可是安芫染为什么不识好人心！

凭什么说我不行！

我拿着星空权杖，走到安芫染身边。

天空中密密麻麻的全都是大雁，耳边也不断响起鼓噪声，让人心烦意乱。

虽然我也不知道该怎么解决眼前的敌人，但是总会有办法的！

我微微定了定神。

"以平面内一个定点和一条直线的距离，按轨迹抛出！"我嘴里说着心中所想的话，把星空权杖指向前方。

就在这时，天空中忽然出现了乌云，将太阳挡住，还没等我反应过来，橡皮大小的石子落了下来。

"喵呜喵呜——"

"呜哇呜哇——"

石子儿噼里啪啦地打下来，雁阵在石子儿的攻击下瞬间溃不成军。

"喵呜，救命啊！"

"夏小鱼，你的脑子里面除了参考书还有什么？你的脑子是不是已经被各种各样的公式堵死了！"

安芫染一把将我拽到向日葵叶子根部，但即便这样，石子儿还是时不时地砸在我的身上。

　　还真是好心办坏事了，谁知道这石子儿会一个劲儿地往我们的身上打啊！这真是杀敌一千，自损八百！

　　"你除了会将我往后拽还会干什么？我也只是帮忙而已！"我大声对安芃染吼道。

　　"帮忙？如果你这是帮忙，那这世界上所有人都活不了了。"安芃染说着，手在我们周围划了一个圆圈，只见周围白光冲天而起。再等我反应过来，周围已经结起屏障，头顶的石子儿碰到屏障，自动反弹了回去。更奇妙的是，接触过屏障的石子儿仿佛认路似的，直接打在了雁阵上。

　　"喵呜，紧急支援！喵呜，紧急支援！"

　　为首的黑猫捂着头，凄厉地叫喊着。

　　"还敢找支援！"我听着黑猫的叫喊，心想可千万不能再让它们搬救兵来了，要是把那个大魔王惹来就不好了！

　　就在我打算做点儿什么的时候，只听安芃染喊道："你干什么！"

　　我回过头看了他一眼，那么紧张干吗？

　　"做什么？当然是抓一只下来当向导！咱们走了这么半天都没有找对地方，这会儿有送上门的免费向导，机会就在眼前呀！"

　　说完我奋力脱离了屏障，石子儿立刻打到了我的身上。我强忍着身上的疼痛，挥舞着星光权杖。

　　"以此为原点，画出一个个圆圈，网住黑猫！"

　　声音落下，天空上方出了一个白色光圈，一个接一个，网住了坐在大雁上

的黑猫。

"喵呜，救命！"黑猫一个猝不及防，从大雁身上掉了下来，滚了两下直接趴在了我的面前。

我上前揪住了它的耳朵。

"疼疼疼！喵！"黑猫挥舞着两只前爪，嘴里不住地嘟囔着。

"带我们去城堡！"

"就不！喵！"

"不答应就把你扔下去！"我揪着黑猫的耳朵，拼命把它往叶子边缘拖。

"我有恐高症，救命！"

黑猫看了看下面，然后伸出爪子捂着双眼。

"救命！救命！"黑猫流出了眼泪，嘴里还一个劲儿地嚷嚷。

"那你带不带我们去？"我又加大了力气。

"疼！喵！我不会带你们去的！我有救兵！"

我听了这话，气不打一处来，又拖着它往叶子边缘走了两步。

"救命！"

黑猫嘴上说着，眼泪流得更凶了。

我还想继续威胁黑猫，安芃染却抓住了我的手腕。

"这是我抓住的，你想怎么样？"我回头看着安芃染，问道。

"你这样一会儿它就死了，咱们还是被困着这儿，倒不如放了它。"

他手上用力，我的手一松，黑猫就翻滚着跳到了大雁身上，然后一溜烟儿

飞走了。

"都怪你！这下可好，咱们被困死在这里了！"我用力打了安芫染两下，安芫染却一动也不动。

"你除了会打人在这里浪费时间还会什么！"安芫染冷哼了一声，抓住我的手。

"谁让你把它放走的！都怪你，都怪你！"

我喊了两声，但是安芫染没有再理我，只是用手中的武器在半空中结了一个屏障，然后我们两个就凭空升了起来。

"我怎么飘在半空了？"我和安芫染越升越高，视野也越来越开阔。

"说你笨你还真是不侮辱笨蛋这个词。我没有这个能力刚刚怎么带着你落在了向日葵的叶子上？"安芫染一脸无奈地看着我。

"那你刚刚为什么让我把黑猫放掉？"我一脸不服气地看着安芫染。

"夏小鱼，你在说别人之前能不能先动脑子好好想想，我带你来到这个世界，说明我对这个世界了解很深，你这样来来回回地质问我、讨伐我，你知不知道你坏了我多少事情？黑猫是魔王雁阵的领导者，看着一脸呆傻，其实是最诡计多端的，如果我们带着它让它领路，早就不知道死了多少次了！你看看它现在在做什么？"

安芫染说着，用手指着前面的大雁，正是黑猫坐的那只。

"怎么它不沿着直线飞啊？"

我手搭凉棚往远处望去，只见大雁在石子儿的肆虐下以一种曲线的方式飞

着，一会儿高一会儿低，一会儿往左飞一点儿，一会儿又往右飞一点儿。

"这不是学校的操场，这是魔王的后花园，魔王当然不会傻乎乎任人来进攻他的城堡，这里面，地上有地上的机关，天上有天上的阵法，现在咱们只要跟着黑猫的轨迹走，然后直接从城堡的窗户飞进去就好。"

我看了看远处，又看了看安芁染。

"看我做什么？"安芁染皱着眉头看着我，"你还是先把自己蹩脚的法术收了吧，免得打草惊蛇！"

我没有说话，皱着眉头冲着天空指了一下，嘴中念着："收！"

话音刚落，天上的乌云就慢慢散开了，阳光透过乌云发出万丈光芒，底下的花园一片狼藉。

我们乘坐的光球跟着黑猫的轨迹往前不断行进，很快，我们来到了城堡的上空。

安芁染嘴唇一动，黑猫不受控制掉了下来，正好落到了光球里面。

"好害怕！"黑猫捂住眼睛喊道。

安芁染没有理黑猫，而是从随身的包里拿出一根绳子，然后将黑猫结结实实地捆了起来。

"治好了你的恐高症，魔王会感谢我们的，黑猫侍卫长。"

安芁染说到此处，光球已经落到了城堡二楼的阳台上。

安芁染将绳子系在栏杆上，黑猫就像荡秋千似的被悬挂在半空中。

"救命！"黑猫两眼不住地淌着泪，裤子上也出现了可疑的痕迹。

"那只猫尿裤子了！"我指着哭得眼泪一把鼻涕一把的黑猫，说道。

"夏小鱼，有这个时间还不快去找魔王！"安芃染气急败坏地说道。

也许是因为我们的突然袭击，魔王的侍从们猝不及防，在我和安芃染——主要是安芃染的进攻下，瞬间溃不成军，可是我们在外面打了半天也没有见到魔王。

"请求支援，快顶不住了！"一群拿着木棍的狗头人一步步地往后退，后面是一扇红色的大门，门上画着繁复的花纹，看上去华贵异常。

我和安芃染对视一眼，安芃染嘴中念咒，前方刮起一阵大风，瞬间将狗头人们吹得东倒西歪。

我上前推开大门，却被眼前的景象惊呆了，我想安芃染肯定也惊呆了。

在我看来，魔王是十分可恶的，最起码他的城堡应该是阴森的，住的地方应该是被鲜血染红的，到处堆满了骨头，还悬挂着骷髅灯，而魔王坐在铺着白虎皮的金椅子上，恶狠狠地看着我们。

可是眼前的看到的……

我实在不敢相信这是魔王的城堡！

整体米白色的布置，到处都有美丽的鲜花做装饰。满地布偶，靠墙的巨大的电视机上正播放着最新的偶像剧。

最让我意外的是，为什么墙上全都是我变身之后的照片。

到底是谁拍的？

打死我也不敢相信这是魔王的房间！

"安芫染，我们是不是走错房间了，不，你是不是找错地方了？这不是魔王的城堡吧！"我回头看着安芫染说道。

让我觉得十分安慰的是，面对魔王的审美，我和安芫染的反应还真的是出奇地一致，因为此时安芫染简直就是一副踩了狗屎的样子！

我心中暗爽了一把。等出去了，我一定要在考场上打败安芫染，让他在全校人的面前露出这个表情！

不！现在不是想这些的时候。我承认这些照片拍得很漂亮，但是我绝对不允许它们出现了魔王的城堡里。

"我要烧掉……"

就在这时，我只觉得肩膀一紧，然后整个人落到了安芫染的怀中。

"你做什么！"

我红了脸。这一整天我老是被安芫染像丢破娃娃似的一会儿拽到身后，一会儿甩到一旁。我可不享受他的怀抱！

"闭嘴，魔王就要回来了！"安芫染松手将我推到身后，然后嘴上开始念起咒语。

白光泛起，然后我们又进入了光球中。

与此同时，熟悉的身影出现，其实我最熟悉的就是那个我见一次笑一次的巨大头盔。

"扑哧！"

为了防止被魔王发现，我赶紧捂上嘴巴。我可不想再被安芫染教训了。

这时候安芫染回头看了我一眼，嘴角也露出意味不明的笑容，眼睛里还有一丝幸灾乐祸的神色。

等等！我是不是错过了什么？

这时候魔王身边的仆从将魔王的头盔脱下，那张帅气的脸上出现在我面前，脸上带着严肃的表情。

"卡巴斯基·塞巴斯蒂安·安塞思·卡瓦卡瓦·诺娜里·瓦尔撒·拉丁大王，有敌人进入了城堡！黑猫侍卫长被挂在了二楼阳台上！"一旁的侍卫焦急地报告道。

"这是好事啊，黑猫不是总抱怨自己有恐高症吗？如果抓到入侵者，记得替本大王谢谢它。"魔王随手拿起一只粉红色的小猪玩偶，然后盘腿坐在了沙发上。

"可是，大王……"

"好了好了，有入侵者就去抓啊，没看到本大王这会儿正忙着吗？"说着，魔王随手拿起遥控，摁了下去。

"不！我不会因为妈妈不同意就舍弃你的。亲爱的，我们一定可以在一起的。只要我们能克服艰难险阻，我们一定能在一起的！我相信，我们一定能感动天，感动地，只要我们能在一起，我一定会感谢天感谢地！"

听着电视里肉麻的对话，我只觉得直反胃。谁能告诉我，这到底是个什么样的世界！

跟着魔王一起进来的侍从叹了口气，然后独自关上大门走了出去。

魔王转头望了一眼，又起身向窗外看了看，只见他抱着小猪玩偶，走到墙边，看着我的海报……

我突然有一种十分不祥的预感。

"亲爱的……"

"咳咳……"我狠命地咳嗽，尽量不让自己听到那恶心的声音。

这时候，电视里面传来一阵悠扬的钢琴声，而魔王说话的声音也更大了。

"世界上有这么多的人，有这么多的城市，有这么多的森林，偏偏就在那个时间，在那片森林，我遇见了你！"

"我受不了了！"

我好不容易变成美女，却没想到会被一个变态魔王看中。

"忍着！绝对不可以打草惊蛇！"安芜染试图捂住我的嘴，可是我怎么会让他如愿。

"亲爱的，为什么，为什么这世界上竟然会有分别？为什么这世界上会有距离？我真的一刻都等不及，只想马上拥有翅膀，飞到你的身边，在你那诱人的小嘴上，落下深情的一吻……"

"吻你个头，我要杀了你！"

我挣破结界，冲到魔王的面前，奋力地挥舞着星空权杖。

这时候魔王正噘着嘴要吻我的照片。

我紧急停住了脚步，举着星空权杖，却一点儿法力都使不出来！

"变身，杀掉魔王！"

　　我奋力挥舞着星空权杖，却还是没有一点儿法力，更没有什么耀眼的光芒出现。

　　"画个圈圈捆住你！"魔王伸手在半空中画了一圈，然后一条绳子像是有生命似的将我捆住了。

　　再也没有比我更逊的星光守护使了！

　　我已经想到了安芃染会对我说什么。是的，我竟然一下子就被魔王捆住了！虽然光球有隐身的作用，但是我想现在安芃染肯定是抚着额头，然后转身不看我。

　　我一脸怯懦地看着魔王，只希望他能看在上帝的面上饶了我。

　　不对，魔王怎么会信上帝呢？

　　看来我真的没救了！

　　这时候魔王抱着小猪玩偶，慢慢地在我的面前蹲下，轻声说道："你为什么要杀了我，可爱的小亲亲？"

　　"谁是你的小亲亲？谁要和你有关系？你为什么在房间里贴我的照片？变态啊！快把我放开！"我奋力挣扎着，没想到越挣扎绳子绑得越紧。

　　魔王听到我的话，眼神渐渐冷了下来。然后他缓缓站起身，然后转身，把手背在身后。

　　他给人的感觉竟然和刚才不一样了！

　　我睁大眼睛看着魔王的背影

　　果然，这才是魔王的真面目吗？我会被吃掉吗？还是会被大卸八块？

我呆呆地望着魔王的背影，已经忘记了挣扎。

这里是魔王的城堡，我傻乎乎地闯进来，还没有动手就被魔王抓住了，与其祈祷魔王会放了我，倒不如祈祷天上会下金子。

"我卡巴斯基·塞巴斯蒂安·安塞思·卡瓦卡瓦·诺娜里·瓦尔撒·拉丁大王英明神武，虽然你是我的小亲亲，可是你居然没有经过我的允许就闯进我的城堡，还骂我变态，你见过这么帅气的变态吗？我一直都在努力寻找你，可就是找不到，每天只能看着你的照片入睡。我是这么爱你，可是没想到，你竟然说我是变态！"

魔王话音还没落下，忽然转过身。

我看到魔王露出了尖利的牙齿，眼中冒着凶光，脑海里飘过三个字——死定了！

一想到再也看不到奶奶，再也看不到爸爸妈妈，再也看不到天天换发型的息九桐暮，再也见不到我心爱的参考书，再也没有机会在考场上打败安芢染，我就不禁悲从中来，只觉得鼻子酸酸的，眼泪止不住地掉下来。

"你就是变态，谁让你收藏我的照片，谁让你为非作歹！我招你惹你了？谁让你喜欢我的！哼，说不定说喜欢我也是假的！不然你为什么会把我绑起来？我的家人招你惹你了？你为什么要对他们动手？不是你，我爸爸妈妈怎么会遇到车祸！"

一想到这些事情，我就觉得更加委屈。真是的，我到底是招谁惹谁了，怎么会遇到这种事情？什么魔王？就会欺负弱女子！什么骑士？到现在都不出现

帮忙！

"呵呵！"

头顶传来魔王的冷笑，我抽噎着，睁大双眼看着他的脸。

这时候魔王脸上的表情更冷了，眼神像是要吃人似的。而且更可怕的是，魔王离我越来越近了！

"你……你想做什么？"我知道挣扎没有用，但还是希望这时候能有奇迹出现。

魔王的脸离我越来越近。

难道我夏小鱼真的要葬身在魔王的嘴下了吗？

"你……"魔王慢慢坐在了我的对面，恶狠狠地看着我。

我往后挪一点儿，魔王就往前探一下头，我已经能感觉到魔王的气息呼在了我脸上。

我不禁打了一个寒战。

我承认，不戴头盔的魔王还是很帅气的，可是我真的不想死啊！

魔王的眼眶渐渐变红，嘴角慢慢往下压。

这是魔化的前奏吗？我真的要被吃了吗？

魔王变红的眼眶里渐渐有泪滴落下，嘴唇不住地颤抖着。

等等！

"呜呜呜！苍天啊，大地啊，冤枉啊，我的小亲亲竟然怪我啊！"

这是什么情况？

不知不觉中，我的泪水已经止住。我呆呆地看着魔王，不知道到底发生了什么事情，为什么魔王会在我面前哭得像个小孩子，还鼻涕一把眼泪一把的？

"喂，你做什么啊？"我用脚尖小心翼翼地踹了魔王一脚。

此时魔王已经用双手捂住了脸，身体还不断地扭动着。

似乎我才是被俘房的那个吧，为什么魔王会哭得像个小孩子似的？

谁来给我解释一下这个疑问？

魔王擦了擦泪水，紧紧地抱着小猪玩偶，委屈地缩到了墙角，然后轻声说道："人家没有做坏事，真的没有做坏事。你爸爸妈妈的车祸，我也是知道的，但我是去救人的。小亲亲，我真的没有伤害你的爸爸妈妈，你一定要相信我！呜呜呜……"

"我要怎么相信你啊？"我愣愣地看着魔王，一时间真的不知道该说什么好了。

"人家真的被误会了，当时人家是去救人的，却被那只大狐狸打了，疼死了，到现在腰上还有伤痕呢，不信你看……"

说着魔王便委屈地开始解自己衣服的扣子，渐渐露出一片白皙的皮肤，我忙闭上眼睛。

天啊，谁来收了这个变态！

"砰"，伴随着一声闷响，魔王委屈的抽噎声也止住了。我慢慢睁开眼睛，就见安芃染站在我的面前。

"白痴！"

安芃染说了一句，然后上前给我松绑。

恢复了自由的感觉真好。

我看着露出半个肩膀昏迷不醒的魔王，再看看一脸冷漠的安芃染。

魔王说的都是真的吗？想到爸爸至今没有醒过来，想到狐岛受伤的样子，我真的不知道该怎么办了。

可是刚刚魔王的样子真的不像是假装的啊！

"你还愣愣地看着做什么？既然魔王现在已经任人宰割，倒不如直接杀了他！"安芃染说着便举起了手中的宝剑。

"不要！"我抓住安芃染的手腕说道。

看着魔王就像是睡梦中的孩子，心中想着刚才发生的种种。

刚刚我已经被绑住了，如果安芃染不在，我肯定不可能再走出城堡，但魔王确实没有伤害我。

然而他是魔王这是事实。要是他没有攻击力就好了，这样他就不能作恶了……

就在这时，魔王身上散发出了粉红色的光芒。等光芒散去，只见一个和小猪玩偶同样大小的小猪躺在我们的面前……

安芃染举起手中的剑，就要朝躺在地上的猪刺过去。

"等等！"眼看着闪着银光的剑就要刺穿小猪的身体，我急忙阻拦。

"让开！"安芃染低声说。

"能不杀他吗……"我犹豫地说。

"他是魔王！就算是变成猪，也是魔王！是他打伤了樱寻狐岛！"安芃染愤怒地说。

"我知道，可是……"魔王的话让我心存怀疑，但是我也不能因此错怪了他，而且……

我看着打着香甜呼噜的小猪，实在是不想拿它和刚刚那个魔王比较，这样的魔王还能戴上他那巨大的头盔吗？那头盔倒是可以给小猪当窝……

"你不觉得，让一个魔王变成一头猪，比杀了他还要让他痛苦吗？"情急之下，我胡诌道。

"那就按你说的办吧。"

安芃染用奇怪的眼神看了我一眼，沉思了许久，然后将宝剑收了起来，念咒召唤出光球，带着我离开了魔王的城堡。

可是，一切真的结束了吗？

我回头看着仰躺在地毯上已经变成小猪的魔王，心中没来由地涌起一阵强烈的不安。

当我们回到现实生活的时候，已经是下午，夕阳西下，鸟儿也回到了自己的巢穴中。

放下不安，看着夕阳下的美景，我长舒一口气。不管刚刚心中为什么不安，最起码这个时候，我们打败了魔王，等待我们的，就算是短暂的平安，也

是幸福的。

"终于结束了！没想到我们之间的配合还是很好的嘛。安芫染，你很棒啊！"我走上前拍了一下安芫染的肩膀，说道。

安芫染没有说话。阳光洒在他的身上，原本不近人情的他此时看起来温柔了许多。我壮起胆子，继续说："我承认你很聪明，也承认你是我夏小鱼的对手。不管怎么说，我们是同学，我做了全年级第一这么久，还是第一次有人打败我，要不要分享一下你的成功经验？我还是很好奇的……"

我的话还没说完，就见安芫染停住脚步，然后转过身用一种十分复杂的眼神看着我。

"怎么了？我脸上有东西吗？"我摸了摸自己的脸。

此时我们两个已经变回了平时的样子，所以我担心自己在变身的时候有什么不对。

"谁和你是好朋友？我才没有你这种心思恶毒的朋友。要不是你一意孤行，我早就解决一切问题了！我告诉你，夏小鱼，没事离我远点儿，你还是哪凉快儿哪儿待着去！"

安芫染说完就快步离开了。

我心思恶毒？就算我想借你的笔记，也只是心中想想还没有说出来，他凭什么说我心思恶毒？

我的心就像被十二级狂风吹过似的，真是，明明是他抓着我去魔王的城堡，现在却说这些话！

就在我腹诽时，安芃染的头顶上空飘来一朵云彩，然后开始下大雨。安芃染帅气的头发上，也长出了花儿。

"哈哈，好有趣！"

被安芃染讽刺的坏心情忽然间烟消云散，这时候我终于知道了什么叫知识就是力量！

安芃染停住脚步，手中不知道什么时候出现了一把宝剑。

我止住笑声，因为我能感觉到，此时安芃染的情绪十分不稳定。

"那个……安芃染，我只是开个玩笑而已，你别……啊！"

话还没说完，安芃染手起剑落。

在我的脚边，出现了一道很重的痕迹。

"胡雁哀鸣！"

话音刚落，就见安芃染头顶出现一只大雁，长得和黑猫骑的那只十分像。大雁嘶吼着，然后就见安芃染的头发沾上了不明白色黏稠物……

"我杀了你！"

"妈呀！无受力，无摩擦！"

我疯了似的向前跑，身后时不时传来"扑通"声。

我知道是自己的法力发挥效用了，但这会儿可不是幸灾乐祸的时候，大敌当前，小命要紧！

但是我忘记了，安芃染也是有法力的，他那之前发挥巨大作用的光球，此时又发挥了作用，因为我再往前跑的时候，安芃染已经站在了我的面前。

"啊！"我紧紧地闭上了眼睛，希望安芫染能饶我一命。

"啪！"

重物落地的声音响起。

我睁开眼睛，映入眼帘的是一个十分夸张的大波浪发型，耳边还有十分厚重的鬓角。

而安芫染躺在了地上，嘴角渗出一丝血迹。

息九桐暮！

"你怎么会在这里，息九桐暮？"

"小鱼，人家找你找得好辛苦啊！"息九桐暮冲我抛了个飞吻。

美型骑士团

星辰王女

第五章

姗姗来迟的第三骑士

　　四散的灰尘慢慢散开，息九桐暮背着光，将一只脚踩在了安芫染的肩膀上，顺便将手中巨大的长枪扛在了肩膀上。

　　他得意扬扬地对我说道："小鱼，小鱼，你看我这样是不是特别英俊、特别帅气啊？"

　　我捂着心跳还没有平复下来的胸口，终于松了口气。

　　"息九桐暮……"我抬起头看着他，想过去跟他说话，却发现自己的双腿已经一点儿力气也没有了。

　　"真是的，安芫染怎么会对一个女孩子下这么狠的毒手啊！"息九桐暮一边抱怨着，一边将我从地上扶了起来。

　　我眼尖地发现，息九桐暮过来的时候，还踹了安芫染一脚。

　　总之，现在已经没有生命威胁的我看到这一幕，觉得很是开心。

　　"对了，息九桐暮，你为什么……"我一边拍着身上的尘土，一边疑惑地打量着他，心中满满的疑问却不知道怎么问出口。

　　为什么息九桐暮知道我有危险及时赶来救援？为什么他能挡下身为骑士的安芫染的攻击？

　　刚才我可以感觉到，安芫染的那一击，的确是用尽了全力的，即使攻击没

落到我的身上，我也能感受到那强大的压迫感，但是——

我看了看冲我傻笑的息九桐暮，不敢相信他刚才居然只用一把长枪就化解了安芃染的攻击。

"那是因为他也是骑士。"

安芃染脸色铁青地站了起来，解答了我心中的疑惑。

"什么？"

"骑士？"

我跟息九桐暮同时喊出了声。不同的是，我们一个语气惊讶，另一个则充满了疑惑。

"骑士是什么？听起来好酷啊！"息九桐暮眼睛放光地问道。我想如果他有尾巴，一定拼命地摇晃起尾巴来了。

"这不可能……"我一想到以后要跟息九桐暮这种大型犬一样的骑士一起战斗，瞬间觉得整个世界都黑暗了。

而且他还是年级倒数第一。

感觉我的智商会被拉低的……

"告诉我这不是真的……"我一时之间忘了跟安芃染之间的仇恨，求助一般看着他。

安芃染黑着脸瞥了我们一眼。

"吊车尾的，你怎么会到这里来？"安芃染抬了抬下巴，冲息九桐暮说。

"我不是吊车尾的！我上次考试可是倒数第二！"息九桐暮愤怒地说。

"这不是重点！"我被抓不到重点的息九桐暮气得要抓狂了，忍不住掏出

变成一个手掌的权杖，用力在他头上扇了下去，"是在问你为什么知道我在这里？"

"因为小鱼需要我啊！"息九桐暮眨着眼睛，微笑地看着我，洁白的牙齿反射着太阳的光芒，刺痛了我的眼睛。

我痛苦地捂住胸口，转过了头。

终于能体会安芄染为什么会那么厌恶跟低智商的人打交道了……

像是怕我们不相信一般，息九桐暮指手画脚地解释道："真的，不骗你们，我能感觉到小鱼在哪里，她是不是需要我！之前只是一想到小鱼，就能马上能猜到她在哪儿，最近……我似乎能感受到小鱼的情绪，比如说刚才你伤害小鱼的时候，我能听见小鱼在向我求助，等我回过神来的时候，就已经出现在她身边了……"

我看向安芄染："是这样吗？"

安芄染的脸突然红了，然后他不自然地扭过头："我怎么知道啊，我对智商不高的人一向没什么感应能力！"

啊——怎么那么讨厌！他就不能不拐弯抹角地骂我吗？

而且！我是学校第二名啊！

每次考试只差他3分而已，我可是甩开了第三名一大截！他每次都这样说我，不会感到心虚吗？

"小鱼，你们说的骑士到底是什么啊？"就在我试图用意念攻击安芄染的时候，息九桐暮像大型犬一样扑到了我身上。

"噗——"

猝不及防的我差点儿被他压成了内伤。

"息九桐暮，我说了不要突然扑到我身上来！"我掏出变成了扫帚形状的权杖，狠狠朝他挥了过去。

息九桐暮只能抱头逃窜。

"喂——你们这对白痴组合还要闹多久？"被忽略的安芄染恼怒地说道。

"哦……"息九桐暮乖乖地停了下来。

"喂——息九桐暮，你能不能有点儿出息啊！你为什么那么听安芄染的话啊！你不是我的朋友吗？他刚刚还想杀了我呢！"看到原本只听我话的息九桐暮，这个时候却像个乖宝宝一样对安芄染言听计从，我突然有些愤怒了。

"不……不知道啊。小鱼，你别生气，我只是……只是觉得可以听他的话，而且，我……"息九桐暮看了看我，又看了看安芄染，"莫名地相信他……"

"哼，那是因为骑士之间的羁绊啊！夏小鱼，难道你还没有反应过来？"安芄染白了我一眼。

"什……什么啊？"虽然不知道他指的是什么，但是听见他这样说，我突然觉得有点儿心虚。

"守护使觉醒之后，骑士会接受守护使的召唤。但因为你这个守护使能力太差，导致半调子骑士无法感受使命的召唤，即使一直围着守护使转，相互之间也没有任何感应——从某种方面来说，你们还真是绝配……"

"是吗？我跟小鱼很配吗？"息九桐暮突然出现在安芄染身边，抓住了他的手，兴奋地说。

"虽然还是不明白是什么意思，但我也是骑士之一吧！以后就能跟小鱼在一起了，好开心！"在安芃染变脸之前，息九桐暮松开了他的手，大步向我跑了过来。他跑的时候，脚下带起一阵灰尘。

"小鱼，小鱼，我居然是你的骑士！这样我们就能在一起啦，好棒！"息九桐暮眼睛发光地盯着我，脸上充满了期待。

"然……然后呢……"我有点儿承受不住他的热情，忍不住后退了一步。

"为了庆祝我们这一伟大组合的诞生，我们来个爱的亲亲吧！"息九桐暮一边说着，一边噘起嘴，向我凑了过来。

"啊——滚开！"看着越来越近的息九桐暮，我手中握着的权杖变成了一把巨大的扇子，我用力把扇子朝息九桐暮扇了过去。

不知道是因为力气过大，还是骑士都已经找到，这一扇下去，风沙顿时眯了我的眼睛。

只听息九桐暮发出一声哀号，等一切平息下来之后，我看见息九桐暮正凄惨地挂在不远处的一个树权上。

"夏小鱼——"安芃染暴怒地向找吼道。

"怎么啦？"我不耐烦地转过头看他，却发现他一向干净整洁的白色衬衫被尘土染成了黄色，风一吹就洋洋洒洒飘下一阵灰尘，肩膀上还有一块西瓜皮，一块已经发黑的香蕉皮落在他头上，只要他一说话，就一晃一晃的。

"扑哧——"

看着这样造型的安芃染，我终于憋不住，笑出声来。

"哈哈哈，安芃染……这个造型好别致，好适合你——哈哈哈——"我一

边笑，一边揉着肚子。

看着刚刚还不可一世的他吃瘪的样子，我心里简直乐开了花。

敌人不开心，我就开心了！哈哈哈！超级开心！

为了让安芃染更加不开心，我超级夸张地抽动着脸部肌肉，用行动表示，我现在有多么开心。

"夏小鱼！"安芃染从牙缝里挤出我的名字，他金色的头发无风自动，衣摆也被风吹得鼓了起来。

糟了！

我好像太得意忘形了。

安芃染其实是个小肚鸡肠的大魔王啊！我居然忘记了这一点。

"那……那个……呵呵呵，其实我不是故意的……"我干笑着，慢慢地向后退着。

呜呜呜，不知道这个距离能不能安全地逃开啊……

安芃染沉着脸，大气在他的身边形成了一个黑洞一样的形状。他的身体缓缓升到了半空中，手中一个白色的气压凝结成的球体飞速转动着。

不好，他这次一定是真的怒了！

"安芃染！我是守护使啊！你不能这样对我！"我管不了那么多，冲他喊完这句话，转身就跑。

"怎样对你啊？"

眨眼间，安芃染居然出现在我前面，在半空中俯视着我。

好可怕！

我第一次在安芃染身上感受到如此大的压力。

呜呜呜，不就是嘲笑了你吗？安芃染，你这个小气的人！

"安……安芃染，我错了，我们和解好不好……"在尊严和生命之间，我毫不犹豫地选择了生命，于是我放缓了声音，跟他道歉。

"我真的不是故意的……你看，我不是针对你，我是因为息九桐暮！算误伤……误伤……"我干巴巴地说着，心里甚至有点儿后悔自己的冲动。

早知道他是这样的人，我就不该贪图一时的畅快嘲笑他……

"再见。"

安芃染面无表情地说完这句话之后，我惊恐地看见，他手中的白球发出刺眼的银光向我射了过来。

如果可以，我宁可选择当一个普通的天才少女，也不要做什么星光守护使！这样就不会跟安芃染扯上任何关系，我的人生应该就会如我的计划一样，稳妥无比吧……

在银光将我包围的一瞬间，我这样想着。

"小心——"

在银光聚拢的一瞬间，我听到了息九桐暮的声音，接着，他一把推开了我，银光在碰到他之后，瞬间消失得无影无踪。

息九桐暮将我挡在了身后，愤怒地召唤出长枪。他用长枪指着安芃染，质问道："你不是小鱼的骑士吗？为什么要伤害她！"

"你脑子不好使吗？我刚开始就在追杀她，你难道看不出来吗？"安芃染低垂着眼帘，面无表情地说。

"骑士的职责不是保护守护使吗？"

我站在息九桐暮的身后，看着他的背影，心情很复杂。

原来在我不知道的时候，一直都不承认的朋友，居然也开始变得可靠了……

他们两人默默对视着，气氛变得紧张起来。

"小鱼，我一定会保护你的！"息九桐暮回过头，认真地对我说。

"哼，半调子就不要说这种大话了！"安芃染冷哼一声，随即冲向了息九桐暮。

我站在一旁干瞪着眼，不知道该怎么阻止。

"妈妈，妈妈，那两个哥哥跳得好高啊！"一个小女孩拉着她的妈妈，兴奋地说道。

"是在拍电影吧？这个特效真赞啊！"一个戴帽子的年轻人说道。

"可是拍电影怎么没有摄制组呢？"

"应该是最新的拍摄技术，机器人拍摄之类，节省人力，导演只要在家对着电脑屏幕看就好……"

"听起来很厉害的样子。"

为什么会有这么多人出现在这里啊？

随着两人的打斗愈发激烈，围拢过来的人也越来越多了。

安芃染跳到半空中，冲着息九桐暮丢下一颗空气球。息九桐暮挥动着手中的长枪一挡，空气球炸开，闪出一阵耀眼的光芒。

"啊——好厉害！怎么做到的啊？"

"快点儿告诉我电影的名字，我一定会去看！"

周围的人叽叽喳喳地说着，我却开始头痛起来。

"安芃染，你再不停下来，我就告诉全校的人，你是个没有风度的小心眼大魔王！"情急之下，我冲着安芃染喊道。

"夏小鱼，你敢！"安芃染在挡下息九桐暮的攻击之后，冲我吼道。

"什么！你居然敢威胁小鱼！就算是全校第一也不能原谅！"息九桐暮冲安芃染吼道。

"喂，小姑娘，人家只是在拍电影，不是真打架，你不要担心啦！"一个大妈看见我着急，慈祥地安慰我。

呜呜呜，要是真的是拍电影就好办多了！

"哈哈哈，你看有人着急了，他们两个的演技可真好啊……"旁边一个中年人感叹道。

"不，这不是……"我刚想向他们解释，但话到嘴边又停住了。

怎么解释啊？说我是星光守护使，我的两个骑士一个要杀我，另一个在保护我？

这样说我一定会被当成精神病人吧……

总之被这样围观，我受够了！

"对潇潇暮雨洒江天，一番洗清秋。"我沉下脸，口中念道。

"啊？"站在我身边的人不解地看着我，我却没办法解释。

原本还阳光普照的天空，在我念完这一句的时候，突然乌云密布，然后豆大的雨点往下掉落。

"啊啊啊——下雨啦——"围观的人有些慌乱，但仍然徘徊着不肯离去。

"渐霜风凄紧，关河冷落，残照当楼。是处红衰翠减，苒苒物华休。"我接着念道。

话音刚落，突然刮起了一阵寒风，我忍不住抓紧了外套，打了个寒战。

战斗中的两个人似乎也因为风的关系，速度降下来了不少。

"真敬业呢……都这样了还没停止拍摄……"周围的人纷纷夸赞道。

真是的！还有完没完！

是你们逼我使出杀手锏的！

我深吸一口气，闭上眼睛："唯有长江水，无语东流。"

"噗噗噗——"

绿化带里，写着"供水公司"的草坪浇水工具突然全都爆裂，四条水柱像龙一样冲向正在打斗的两个人。

"啊啊啊——"

"呜呜呜——"

两个人含糊不清地吼着。

这场混乱，也殃及了不少无辜围观群众，大家纷纷逃散开来。

真是受够了！

在他们还没有发现的时候，我跟着其他人一起跑开了。

远远地，我看着被水龙困住的两个人。

哼，你们就多吹一会儿风，然后用水清醒一下脑子吧！我夏小鱼也不是好惹的！

离开了那个一团糟的地方，我漫无目的地走在街上。天气早已放晴，但是我的心情怎么都没办法像天气一样恢复晴朗。

好不容易自己一个人静静，我不可抑制地回想起了最近混乱的生活。

还在医院的父母，躺在病床上的狐岛同学，低气压的安芜染，还有一脸认真地说要保护我的息九桐暮……

"哼……说什么保护世界……我连自己的生活都控制不了……"我看着橱窗里的自己，自嘲地说。

"叮叮叮——"

手机铃声响起。

我拿起来看，发现是医院打来的电话。

"小鱼，告诉你个好消息，你爸爸已经醒过来了！"在我按下接通键的一瞬间，奶奶激动的声音便迫不及待地从手机里传了出来。

"好，我马上到。"

我的心里像是绽放着五颜六色的烟花，激动得心脏都要爆炸了。

之前各种压抑与自责，在这一刻全都消失得无影无踪。

"爸爸——"

推开病房的门，看见坐在病床上手舞足蹈的爸爸，还有给爸爸削着苹果，时不时搭腔的妈妈，我的眼泪再也忍不住，伴随着最近的心酸一起流了下来。

"呜呜呜——你吓死我了……"我忍不住一头扑进了爸爸的怀中，放声大

哭起来。

"对不起，爸爸也不想吓唬你们啊！"爸爸摸着我的头，歉疚地说。

"对了，爸爸，你们真的遇到车祸了吗？"等哭够了，我不好意思地擦干眼泪，问道。

我看着妈妈，妈妈一脸迷惘地摇头："那天晚上我什么都没看见啊，只觉得车子遭到了撞击，然后醒来就在医院了……"

是这样吗？

我想起了卡巴魔王信誓旦旦的话语。

"不是车祸！"爸爸坚定地说。

"啊？"我不解地看着他。

"真的不是车祸！"爸爸神秘兮兮地靠了过来，"你一定想不到我看到了什么！"

"什么？"我心里一动，向爸爸靠了过去。

"其实说车祸也行…但是，在车子被撞的一瞬间，我看到一条巨大的黑龙把车子拎了起来！"爸爸心有余悸地拍着胸口说道，"多亏了黑龙，我才能醒过来，不然你现在见到的，就真的只能是一堆肉泥了……"

黑龙？

难道……我真的错怪魔王了？

"对了，你一定不会相信，那黑龙救出我们以后，居然变成了一个美少年。我吓坏了，他却很亲切地喊我岳父大人……"爸爸疑惑地说，"我觉得他一定是认错人了……"

　　我的心突然漏跳了一拍。然后我果断地说："一定是认错人了！不过爸爸你们平安真是太好了！"

　　听完爸爸的话，我的心里突然难受起来。

　　原来是真的，我错怪魔王了……

　　脑子里像是有两个小人儿在打架，一个一定要我去向魔王道谢，而另一个则说，在魔王变成猪以后，我已经保护过他了，所以，这算是扯平了……

　　"小鱼，你今天怎么呆呆傻傻的，有什么不舒服的地方吗？"妈妈担忧地将手贴在我的额头上，我一下子从沉思中回过神来。

　　"哦，我突然想起来，之前参考书上一个题目的解法……"我眨了眨眼睛，心虚地说。

　　"呵呵呵，你这孩子，成天想着参考书……"妈妈笑着戳了戳我的头。

　　"好啦，我现在没事了，你回去休息吧。最近这几天，你应该很累了吧……"爸爸略带歉意地看着我。

　　我摇了摇头。

　　刚才下意识地跟妈妈撒谎的时候，我才发现，自己居然好久没有看过参考书了。

　　既然今天没有人要求我拯救世界，最烦人的那两个家伙也在吵架，不会来找我麻烦，最大的威胁——魔王也变成了一头猪，这就代表着我今天有大把的时间跟我的参考书在一起！

　　啊，我想起来了，前几天在网上订购的最新参考书也应该到了。

　　"那，爸爸妈妈，我先回家，你们也要好好休息哦！"

我心情愉悦地跟他们告别，然后飞快地朝医院大门跑去。

回家看参考书喽！

"呱呱呱——"

就在我一只脚刚踏出医院大门，还没有看到外面的天空时，天空突然黑了下来，并且响起了比磨砂纸还要粗糙的叫声。

"哎呀，天上怎么会有这么多乌鸦？"身边一个胖乎乎的阿姨抱怨着。

乌鸦？

就是那种专门吃腐肉，长得奇丑无比的大鸟？

一股寒气顿时从背后升了起来，我的另一只脚怎么都没办法迈出医院的大门了。

"天上这么多鸟，万一出门被鸟屎砸中就不好了。"我看了一眼漫天飞舞的乌鸦，把已经踏出的一只脚收了回来，"嗯，参考书已经在家了，其实我根本不想看，亲人对我而言才是最重要的……"

"啊——"

在我转身往回走的一瞬间，一个凄厉的声音在我背后响起。

我回过头一看，刚才还在抱怨的胖阿姨，此时满头是血地倒在了地上，几只比自行车还要大的乌鸦，得意地在低空中盘旋着。

听到响动，很多人迅速地冲了出去，将阿姨扶了起来。而我跟着人群走了几步，最后还是在门口停住了脚步。

"哎哟，这乌鸦太恐怖了，我刚出门就有几只围了上来……"阿姨一边捂着流血的伤口，一边向周围的人哭诉，"我活了这么大岁数，还没见过这么大

的乌鸦……"

我向外扫了一眼，逐渐暗下来的天空中盘旋着无数只乌鸦，停在医院外面的车辆，还有树枝、电线杆上也密密麻麻地站了好多只。它们血红的眼睛像是一个个监视器一样，密切地注视着一切动静，一旦发现有人类步入它们的地盘，它们就会群起而攻之。而所谓的它们的地盘，就是自己及同伴站立的所有地方……

医院那薄薄的玻璃门，像是隔出了的两个世界。

"啊——"

门外又有人受到了乌鸦的攻击。

好可怕……

透过玻璃门，我能看到被乌鸦压弯了树枝的树，被乌鸦那闪着寒光的爪子撕成一条条的巨大广告牌。乌鸦乌黑的羽毛泛着恶心的油光，血红的眼睛里射出邪恶的目光。

天啊！世界上为什么会有这么恶心的生物啊！

大概是发现了我在观察它们，那群邪恶的家伙发了疯一样地朝着我冲了过来。但是医院的玻璃门很结实，它们被挡住了，只能在外面呱呱叫着。

呜——这一点儿也不好玩！

直觉告诉我，这一定又是魔王的杰作，但是这一次对手太强大，我要保留实力！

趁着敌人没有攻破最后一道防线，我向看起来最牢不可破的、有一扇大铁门、只有一个西瓜大小的窗口，里面还安装了铁丝网的问询室走了过去。

我打开半掩着的铁门，发现刚才的骚动已经引得工作人员全都跑出去看热闹了，顿时开心地走了进去。我关上门，用椅子将窗口堵上，然后满意地松了口气。

"嗯，这样别说是乌鸦，就算老鹰来了也进不来吧！"我在心里默默地为自己的机智点了个赞。

"砰——"

原本已经上了锁的门，突然从外部被猛烈地撞击。

原本打算去开门的我，在看到门与墙壁的接口处被撞得裂开的时候，瞬间就放弃了这个想法。

普通人类才不会有这种力气吧？

我想了想，拖过一旁的桌子，将门牢牢顶住。

"砰砰砰——"

敲门声越来越响，一副我不开门，就会一直敲下去，直到把门敲烂为止的架势。

"里……里面没人……"我颤巍巍地朝外面吼了一嗓子。

敲门声暂停了一下之后，传来用更大的力气撞门的声音。

在那一瞬间，我被自己的智商惊呆了。

不行，不能这样坐以待毙！

我在问询室里转来转去，希望能找到秘密通道。但是转了一圈之后，我才发现，这里不但没有秘密出口，甚至除了我刚进来的那扇门之外，连逃生门都没有……

呜呜呜……

“砰——”

外面的人似乎开始发怒了，使出了比之前更大的力气，将铁门撞得都开始扭曲变形了。

糟糕！我好像把门外的人惹怒了！

呜呜呜，早知道这样就早点儿开门，人家也许就不会这么生气吧？

但是……现在开门道歉还有用吗？

“砰——”

就在我纠结苦恼的时候，门被踹开了。

我还没来得及看清楚门外是谁，已经下意识地钻到了桌子下面，躲了起来。

“你看不见我，看不见我……”我屏住呼吸，碎碎念着。

但是，仿佛天神遗弃我了一般，我眼睁睁地看着一双腿，连一个弯都没有转，直接走到了我藏身的桌子的正前方。

“你不知道我在这里，你不知道我在这里……”我一边哆嗦着，一边连声祈祷。

“守护使大人。”狐岛同学蹲下身，直直地看着我。

“嗨，你的伤好了吗？”我尴尬地伸出手，冲他挥了挥。

“守护使大人，魔界的敌人就在外面，请您跟我一起出去战斗。”狐岛不理会我跟他打招呼，直接跟我说明了来意。

“不要！”我坚定地拒绝，并且抱紧了桌腿以示决心。

真是太讨厌了！魔界就不能派点儿高端大气的人来吗？乌鸦这种恶心的生物，一看就是魔界没有文化的代表啊！身为一个合格的魔王，必须顺应群众的爱好啊！比如说召唤一群短腿小柯基来占领医院，或者是一群折耳猫小天使堵塞交通……这样我一定会毫不犹豫地冲上前线，勇敢地跟这群小萌物……不对，敌人，战斗到底！

"守护使大人，您不能再这样逃避了，没有经历战斗的洗礼，是永远都不可能成熟的！"狐岛精致的小脸上全是与他气质不符的严肃神情。

一想到要跟那些长着红眼睛的乌鸦战斗，我郁闷极了。

我用力地摇头。

"这样啊……"狐岛的声音渐渐低了下去。

嗯？他终于放弃让我去跟乌鸦战斗了吗？

太棒了！我一定会站在医院里为他加油的！

你放心去吧！

我用眼神向他传递着讯息。

"那我就失礼了！"

狐岛说完，用力掀开了我用于藏身的桌子，最后只留下一截桌腿被抱在我的怀里。

啊——

我抛开怀中的桌腿，想找到别的可以依靠的东西，但是在我还没反应过来的时候，整个人就被狐岛拖到了医院外面。

好恐怖！

我看着满天飞舞的乌鸦，还有一地的羽毛，感觉身上的汗毛都竖起来了。

"不不不……"我一边哆嗦着，一边往后退。

"守护使大人，请使用您的能力，跟这群魔界的爪牙战斗吧！"狐岛一边说着，一边默默切断了我的退路，"如果您不愿意，我会把您丢进乌鸦窝里的！我说到做到1"

你在开玩笑，是吧？

最有骑士精神，最绅士的狐岛，居然会威胁我？其实他不是狐岛，而是安芜染假扮的吧？我可爱的狐岛同学才不会用这么可怕的话语来威胁我呢！呜呜呜呜——

"我不要！好可怕！被那种黑漆漆的东西碰到，我整个人都会烂掉的！"我抱住身边的电线杆，拼命摇头。

"守护使大人，乌鸦身上是没有毒的！"狐岛认真地说。

"不，你不知道，其实我得了一种罕见的病，病的名字是'鸟类过敏症'，只要一碰到鸟类，就一定会死的！"我大声喊着。

一只乌鸦向我俯冲下来，我吓得瘫倒在了地上。

像是得到了指令一样，一大群乌鸦像是在逗我玩一样，不停地在我身边飞快地穿梭。距离近到，它们每次过来，我都能感觉到呼啸的风声，还有它们羽毛上那股腐烂的味道。

"呜呜呜——狐岛，你快点儿来救我！"我趴在地上，一动也不敢动。

"守护使大人，这是您的战斗！"狐岛的声音冷酷到几乎没有温度。

"没用的！我是个半吊子守护使，连三个骑士都没有找到，怎么可能会有

力量啊……"不知道是因为狐岛的冷漠，还是乌鸦的惊吓，明明是为了找借口而说的话，说到最后，我却忍不住委屈起来。

"我就是不会战斗啊……就算变身了，也只是变好看了。但是那又有什么用啊！变漂亮了，乌鸦就会自惭形秽地走开吗？这不可能的……"

"可是……"狐岛的声音里有了一丝犹豫。

"没有什么好可是的。你能变成狐狸，安芜染可以操控风，但是我呢？你们战斗的时候，我却只能是个累赘。你看，你用来说服我战斗的时间，其实可以赶走好多乌鸦了……"趁着狐岛有了一丝动摇，我加大了说服他的力度。

我简直太佩服自己了，之前我怎么不知道，自己还有这种好口才呢？

"我就只是一个自己的骑士都看不起的无能守护使而已啊……"我压低了声音，尽量让自己看上去更加悲伤一点儿，"召唤不出骑士的守护使，还有什么资格……"

我抬起头，眼前看到的画面，让我后面的话再也没办法说出口了。

漫天掉落的黑色的羽毛下面，安芜染浑身湿淋淋的，散发着黑色的低气压，连乌鸦都不敢接近他的周围，而他的身后，则拖着一个……

我揉了揉眼睛，让自己能看得清楚一点儿。

他拖着已经看不出衣服形状，满脸都是泥土，那头标志性的七彩头发的也被削掉了一大半的息九桐暮，慢慢走到了我的面前。

"第三个骑士。"安芜染看都没看我一眼，将息九桐暮一把丢到了狐岛的面前。

"你……你怎么把息九桐暮弄成这样了？"看着惨兮兮的息九桐暮，我忍

不住问道。

安芃染看了我一眼，没有作答。

"啊……小鱼，我说了我一定会保护你的……"息九桐暮大概是听到我说话了，虚弱地冲我挥了挥手。牙齿在泥土与血水的衬托下，显得格外洁白。

真是……

就算你这样说，我也一点儿都不觉得高兴。

不知道该用什么样的表情面对他，我只能默默将视线转移到别的地方。

美型骑士团
星辰王女

第六章

被抓走的樱寻狐岛

　　"夏小鱼，难道现在你还想逃避吗？"就在我愣神的时候，安芫染冷冰冰的声音响起。

　　我循着声音望去，安芫染已经将息九桐暮丢到一边。也许是因为安芫染下手太重，息九桐暮并没有像往常那样扑到我的面前。

　　"我没有！"我回过头，不再去看安芫染那副严厉的样子。

　　"你还敢说没有！"安芫染说着，将宝剑召唤出来。

　　"安芫染，你敢动我的小鱼，我就和你拼了！"息九桐暮大声喊道。

　　"安芫染，你镇定一点儿，现在我们要慢慢来！"这是狐岛的声音，稚嫩的童音说出的话却十分老练。

　　"我一直都很镇定，正是因为我很镇定，所以我要把她打醒！你们放心，我绝对会留住她的战斗力的。至于这张脸会不会变成猪头，我就不能保证了。不过话又说回来，如果星光守护使变成猪头，倒是可以和那个变态的魔王凑成一对！"安芫染一边用不知道从哪里顺来的布包着锋利的宝剑，一边云淡风轻地说道。

　　"妈呀，宝剑变成了打狗棒！"息九桐暮说着便抱住了头，不敢再看。

第六章

被抓走的樱寻狐岛

"息九桐暮，你说什么呢？什么打狗棒，你才是狗！"

我知道安芁染是绝对说到做到的，可是难道我真的要去战斗？

可是我一向反对暴力啊！就算是以后我做了大公司的CEO，也一定会以和为贵的。可是……可是为什么大家都要让我去打打杀杀呢？

"难道……难道我们就不能和他们坐在一起慢慢谈吗？"我攥着手中的粉红色钢笔，抬头望着安芁染等人说道。

"呵……你问问它们肯不肯和你坐下来谈谈？或者你可以问问它们有没有你感兴趣的参考书？"

"安芁染，你闭嘴！我家小鱼是最优秀的，你凭什么这么说她？"

我转过头愤怒地看着息九桐暮。谁是你家的！

可是没想到，对上的却是息九桐暮的双眼。那双眼睛中迸发的目光，是我从认识息九桐暮以来从来没有见过的。

"小鱼，你可以的！"息九桐暮看着我，嘴巴咧了一下，轻声说道。

我拿着依然是粉红色钢笔形状的权杖，不知道该说什么才好。

息九桐暮，我真的不行！

"真羡慕你们的友情，不过现在应该睁大眼睛看看外面的情形。"这时，安芁染的声音响了起来。

安芁染的话，将众人的视线引到了外面。

压弯的树枝上，乌鸦红色的眼睛，充斥着邪恶的乌黑的羽毛，仿佛要将本来就已经阴沉沉的天完全遮挡住。

141

　　我愣愣地看着前方，路上的行人神色慌张，纷纷寻找能躲避的地方，有的人拿出手机像是要拨打电话。

　　"这种情况，就是警察来也解决不了问题。星光守护使，你还想据需做胆小鬼吗？"

　　安芜染冷冷的声音再次在我的耳边响起。

　　不知道什么时候，他已经悄无声息地走到了我的身后。

　　"你什么意思？"我转过脸看着安芜染说道。

　　"如果你不敢战斗，就别再说你是我的对手！"安芜染一脸不为所动的样子，说话依然冷冰冰的。

　　我到底哪里有错，难道说，认识到自己的不足，然后主动退出不好吗？难道我这样有自知之明是错的吗？

　　"夏小鱼！"

　　"小鱼！"

　　"小鱼……"

　　安芜染、息九桐暮、狐岛的声音在我的耳边绕来绕去，我觉得自己连呼吸都艰难了很多。

　　"夏小鱼，如果你不想让大家看不起，如果你想让你奶奶还有你的爸爸妈妈处在危险中，你就走，走得越远越好，最好是走到哪儿都罩着一个铁桶，省得别人认出你！"

　　"好了！安芜染！"

我实在是不能忍受安芃染一个劲儿的嘲讽，而且我也看出来了，如果今天我真的离开了，只有两个结果——要么被乌鸦吃掉，要么被安芃染杀掉。

现在看来，还是乖乖地屈服比较好。

我转过身，愤怒地瞪着安芃染。

"安芃染，你可以闭嘴了！"我冷冷地对安芃染说道。

我做还不行吗？

我甩了甩头，真的是败给这群人了。

正当我还在胡思乱想的时候，安芃染已经再次走到我的身边。

从认识安芃染开始，我就有一个毛病，每次安芃染说话的声音离着我近一些的时候，我就会与他保持一段距离。

真的很担心他的恶毒语言会对我造成伤害。

"站好！"安芃染一脸严肃地拉住我。

"干什么？我……我已经答应你了，你拉着我做什么！离……离我远点儿！"我奋力挣扎着。

安芃染的眼神，就像是要吃人似的，让人不敢直视。就算我刚刚用法术刺激过他，就算我们之间有一些恩怨，但我罪不至死啊！

"说你笨还真笨。"安芃染一脸无奈地说道。

"干吗这样说我的小鱼！"

我正奋力挣扎，息九桐暮也来凑热闹。

谁是你的小鱼？想吃鱼去食堂！

"可以开始了吗？"

安芄染和息九桐暮一左一右地站着，我就像热狗里面的香肠似的，要想起来，非得拼尽力气才行。

可是……

我往左看看，是依旧怪异的泥娃娃样子的息九桐暮。

我往右看看，是一副恨不得吃了所有人表情的安芄染。

其实，有两个帅气的、勇敢的男生保护还是很不错的，尤其是在这么危险的时候。

不过，为什么说可以开始了呢？

"什么可以开始了？"我看看息九桐暮说道。不是特别必要的时候，我是真的不想和安芄染说话了。

这时，狐岛也走了过来。他们三个人像是等边三角形的三个点围着我，目不转睛地注视着我……

"你……你们……"

安芄染一脸严肃也就算了，让我惊讶的是，平时像牛皮糖似的息九桐暮竟然也一脸严肃，而且竟然有些帅！

"喂喂喂……文明社会……"

我还没反应过来，安芄染、息九桐暮和狐岛三人同时单膝跪在我的面前。根据经验，三人笔直的长腿正好是一条直线，就像60度角平均被切割成两个30度角，而角平分线、底边的中线、底边的高线……

第六章

被抓走的樱寻狐岛

"三线合一。"

看到熟悉的图形，我突然有一种十分强烈的做习题的冲动。而在此时，息九桐暮三人伸出右手，头恭敬地低着，同时右手放在心脏处。

我突然觉得这一刻很神圣，却不知道下面该做什么。

我不敢说话，因为这画面实在太美，我不忍破坏，尤其是牛皮糖息九桐暮，突然之间，我觉得我不认识他了。原来，息九桐暮也可以这么优秀。

但现在不应该是发呆的时候。

可是，我该做什么？

手动了一下，我往右手看去，原来，一直握在右手的粉红色钢笔此时发出了耀眼的金色光芒。

耳边响起我觉得既陌生又异常熟悉的咒语。

是的，安芜染三人口中念出的咒语，我听不懂，却觉得异常熟悉。

光芒更加耀眼。

"以圆周率为契机，请给我小数点后面10000位的祝福……"

双手交握，我轻声说出我的咒语。

是的，只属于我的咒语。

曾经，我用奶奶教我的咒语，却一个都不灵光。

是的，咒语也是要和主人契合的。

我不可爱，不漂亮，甚至说在很多时候是呆板的，我唯一的优点，就是学习好，所以，我的咒语，一定是和知识有关的。

权杖迸发出耀眼的光芒，我闭上眼睛，耳边依然是安芫染、息九桐暮、狐岛三人未停歇的咒语。

不同于以往的变身，整个过程很微妙。我感觉有阵阵暖流涌向心口，然后又很快地从每一个毛孔散发出去。没有任何不适，反而从内心深处涌出一阵阵幸福感，仿佛置身于天堂……

当我睁开眼睛的时候，自己已经变成了星光守护使。而更让我惊讶的是安芫染、狐岛、息九桐暮的样子。

等等！

息九桐暮的七彩头发呢？七彩头发被黑色板寸头取代，少了玩世不恭，多了严肃干练。

这还是不良少年、全校垫底的息九桐暮吗？

"息九桐暮！"狐岛喊了一声。

我知道，狐岛也被息九桐暮这干练的样子惊呆了。我相信，不管谁看到息九桐暮现在的样子，都会被惊呆的！

"小鱼，我果然没有看走眼，你绝对是最美丽的，我要你做我的……"

"砰！"

我将权杖变成巨大的锤子，然后将息九桐暮砸倒在地。

果然，就算是变成王子，息九桐暮也是最无赖的王子。

我果然对他期望太高了！

"乌鸦越来越多了。小鱼，我们必须马上行动。"狐岛看着外面的景象，

十分忧虑地说道。

"知道啦！"

息九桐暮似乎根本就不知道什么叫羞耻，我上一秒刚将他捶倒，下一秒他就站起来了，还朝我抛了个飞吻。果然，变身为骑士之后，同时增长的是脸皮的厚度吗？

"早就看这群黑漆漆的东西不顺眼了，不知道老子最烦的就是死气沉沉的黑色吗？"息九桐暮拿着巨大的手枪，哂笑一声，率先走了出去。

还好，他不知道自己最爱的七彩头发不见了。

安芃染将宝剑抽出，给了我一个冷冷的眼神，然后一声不吭地走了出去。

我又做错了什么啊？安芃染大人！

"小鱼……"

"狐岛，有什么事情吗？"

看着狐岛的可爱模样，我真希望他会说，下面的事情我们来做，你只要在这里呐喊助威就好，外面已经布上结界，所以是很安全的……

好吧，这绝对不可能！

"小鱼，这就是战争。我知道，一直以来你都是在和平中生活的，不过，既然你是星光守护使，就注定了要用生命去维护和平。"

我一脸无辜地看着狐岛。

难道就没有让我更加满意的答案吗？

"记住，注意安全！"狐岛说完就逃也似的走了。

"真是的，三个臭皮匠！"

话音刚落，一阵臭味飘来。

"夏小鱼，你的嘴巴是开过光吗？"安芄染的声音十分凄厉。

"怎么了？"因为这话和我有关，而且又是从最讨厌的安芄染的嘴中说出来的，所以我一定要问个究竟。

"好臭！"

一种类似臭鸡蛋的气味飘来。

难道这是乌鸦的身上散发出来的？

"小鱼！危险！"我还没反应过来的时候，息九桐暮已经飞奔过来，与此同时，臭味更重了。

"啊——送我上青云！"

当我再睁开眼睛时，已经悬在了半空中，而且还在上升。

"狐岛，救我！"

这里由最靠谱的就是狐岛了。如果是安芄染，他会为了世界和平救我，但是一定会送上一箩筐的嘲讽。如果是息九桐暮……还是让我飞到外太空吧！

"小鱼，你的技能就是你的嘴，你的法术叫字灵，也就是说，你口中说出的一切和学习有关的内容都是法术。现在你只要想一个能落地的诗句或者定理就可以了！"狐岛大声喊道。

"地心引力，匀速直线运动！"

话音刚落，我就感受到了大地的稳重。虽然自从得知自己是星光守护使

后，我已经遇到了很多危险，但我还是想说一句，活着真好。

"夏小鱼、息九桐暮，现在不是游戏，别再乱开玩笑。夏小鱼，管好你的嘴！"安芃染说着，右手握剑向前，直直地刺向站在围墙上的一只乌鸦。

"战斗开始了！尝尝本大爷的厉害！"息九桐暮将手枪上膛，然后连续开了十枪。轰隆声响起，十只乌鸦发出凄惨的叫声，黑色的羽毛混合着殷红的血，让人觉得恶心。

"灵狐，招来！"狐岛拿出一张灵符，放在眼前。咒语声落，狐岛的眼睛变成了红色。再细细看，他眼中迸发出红色的光芒。而那红色的光芒像是狐狸的形状，直直地奔着鸦群跑去。

一时间，厮杀声不绝于耳。

既然这样，我也该做些什么了！

"宇宙中的流星体碎片啊，请在平行轨道上以极高的速度投射进地球大气层，带着力量，狠狠地撞击黑色的邪恶生物！"

话音刚落，只见天空中划过一道道绚丽的光束，转瞬即逝。

等等，为什么是转瞬即逝，为什么没有乌鸦受伤死亡？

"你的脑子里面全是石头啊！"安芃染吼道。

我能想象到安芃染气急败坏的样子，耳边只听到"嗖嗖"的声音，宝剑划破空气，带着凌厉的气势。

"流星在进入大气层后就因为高速摩擦消失了，我这个倒数第一，不，倒数第二都知道啊！"息九桐暮一边射击，一边说道。

"君不见，黄河之水天上来……"

"不！"

我的话音还没落下，就听到了息九桐暮三人的喊声。

"供水公司的阀门是黄河制造提供……咕噜噜……"

狐岛还没说完，就已经被地上涌出的水柱冲到半空。

"狐岛！"

"风神！解！"

我的身边迸发出白色的光芒，柔和的光球与冲天的水柱做着斗争，以极快的速度向前方飞去。

"痛快！小鱼好样的！"

息九桐暮也处在不能自保的状态，但是依然夸奖我。

"夏小鱼，管好你那张开光的嘴！息九桐暮，你再坚持一下！"

此时安芜染已经救了狐岛，而息九桐暮在水柱中十分怡然自得。

"你小心点儿！我……啊——"

当我想叫安芜染小心一些的时候，突然局面发生了变化。

安芜染带着依然有些迷糊的狐岛，乘坐光球往息九桐暮的方向而去，却被一束红色的光打中。

怎么会这样？

我看到光球开始变小，行进速度也降低了许多。

"安芜染！小心！"

我大声喊道。

我只能喊小心了。

刚刚变少的乌鸦忽然之间又多了起来，有的翅膀上还滴着水，眼睛却已经变得更红。

都是我的错！

刚刚我看得清清楚楚，那红光是冲着狐岛去的，安芃染却在关键的时候，拉了狐岛一把，自己却受伤了。

我讨厌安芃染。从他第一次将我的全校第一夺走，我就恨上了他，因为他盲目自大，因为他无时无刻不在讽刺我，就连上次带我去魔王的城堡，也是一个劲儿地讽刺我、挖苦我，说我笨，说我傻，说我没有本事。我尝试着想和他做朋友，他却加倍嘲讽我。

我以为安芃染就是一个自私的人，就算是全校第一，也来得十分不光彩。

可是，当眼前的一切真实地呈现在我的面前的时候，我意识到，也许真的是我错了。

是的，如果安芃染真的是一个自私的人，他就不会去救狐岛。

如果安芃染真的是一个自私的人，他就不会用奇怪的事物激发我身体里的潜力。

虽然安芃染嘴巴很坏，但是……

安芃染一直都没有真正对我做过什么过分的事，虽然有讽刺，但也只是口头上的，虽然曾经对我动刀，但那也是我先惹的他……

"夏小鱼，小心！"

是安芃染的声音。

身后一阵冷风扑来，我转身，只见两只乌鸦向我飞扑而来，近看才发现，这并不是书上见过的那种乌鸦。血红色的眼睛，肮脏的尖嘴，尖利的牙齿，如果真的与它们接触了，那就真的在劫难逃了！

"砰！"

我用刚刚对付息九桐暮的那一招，将两只乌鸦砸进地底。瞬间，地上出现一个大坑。

"安芃染！小心！"我大声喊道。

我不敢再用字灵，因为这会杀敌，但是更会伤害身边的朋友。一个水柱，就已经让我们处于劣势，此时我已经疲于应对。

"不用管我！"安芃染依然大声喊道。声音与刚刚又有些不一样了。

虚弱，微不可查的虚弱！我能感觉到安芃染的力气在一点点消失！

我到底该怎么办？

我奋力挥舞着变成大锤子的权杖加入战斗。

我知道，现在自己的样子一定是很可笑的，就像一个小丑，只会让人发笑。呵呵，我不在乎，如果能保护我在意的人，我什么都不在乎！

就算是从此以后再也没有参考书可以看，我也无所谓，就算以后永远都是全校第二，我也不在乎，我只要大家都平平安安的！

"秋风涨渭水，落叶满长安！"

瞬间，一阵狂风夹杂着翠绿的树叶，向战场袭来。

"坚持住！"我大声冲着光球喊道。

此时安芃染已经救下了息九桐暮，光球已经没了之前那样的白光，仿佛一个不留神就会落下。

"安芃染，这里有我就够了！你们坚持住！"

我奋力挥舞着权杖，风越来越大，光球却只有微微晃动。

"忽如一夜春风来，千树万树梨花开！"紧接着，我咬了咬牙，狠命说道，"阳春三月，鹰飞草长，天寒地冻，有谁饲粮，人惟怜羊，狼独悲怆……啊……"

"啊！"

手中的权杖落地，突然之间，我感觉自己的嗓子一堵，再想出声，却只有呼气的声音。

到底发生了什么？

"呵呵……"

谁来救救我们！

看着颜色变得更浅的光球，我知道，安芃染已经支撑不住了。

而在光球上方，出现了一个黑色的光圈，然后黑圈慢慢被黑暗充斥，黑暗在涌动，仿佛有什么要出来似的。四周的乌鸦停止了喧闹与进攻，静静地站在原地，像是在迎接什么的到来。

黑暗的旋涡越来越湍急，映衬着阴沉的天空，就像世界末日来临一般。

忽然，我听到一阵阵有节奏的窸窣声，阴森森的，像是要把人吞掉。

旋涡开了一个口子，所有的乌鸦都望向那个旋涡。

这一切，发生在一瞬间。我只能呆愣地看着。我不能开口用法术，什么都做不了。

这是我第一次希望自己有法术，法力无边，这样我就可以救所有的人！

"砰！"

"啊！"

就在这一刹那，一个黑色的身影迅速从旋涡中跳出，以人类所不能达到的速度攻向光球。

我想喊"当心"，却只能发出"呀呀"的声音。

光球炸开，安芃染、息九桐暮和狐岛全都飞速落下来。狐岛做出一个手势，他们三人降落的速度才有所缓冲，不然肯定会摔成肉饼了。

黑色的身影随即跟狐岛、安芃染缠斗在一起。息九桐暮有心帮忙，却因为经验不足，越帮越忙，三人很快处于劣势。短短几十秒后，安芃染被一根黑色的绳子捆住了，而息九桐暮被黑影踩晕了！

"啊啊！"

息九桐暮，你还好吗？

"小鱼！你不能说话了！"安芃染也是一脸虚弱的样子。现在，敌方有了一个强大的后援，而我们只剩下狐岛了。

我拼命点头，拼命地用自认为坚定的眼神看着狐岛。

狐岛，现在就全靠你了，我没用，就算是想战斗也有心无力。

狐岛似乎是接收到了我的讯息，冲我行了一个恭敬的骑士礼，然后转身朝黑影攻去。

是了，狐岛有300岁，他知道的比我们都多，他一定能赢。

我这样安慰自己。

可是不知道为什么，狐岛渐渐停下了攻击，然后呆愣地看着那个黑色的身影。

狐岛，你到底在做什么啊？

"我当是谁呢？要不怎么说这么面熟呢，原来是老朋友啊！呵呵，几百年不见，还真是怪想你的。"

慵懒的声音响起，我这才发现，原来那个黑色的身影是个女人。

这个黑影穿着一身紧身皮衣，勾勒出曼妙的身材，脚上穿着一双高跟鞋，头上戴着头盔，虽然不知道是什么材质的，但是我觉得比卡巴魔王的那个头盔看起来要高级很多。

"怎么？骑士大人，你以前不是很威风吗，怎么现在连话都不会说了？还是说，你活了几百年，已经失去了说话的能力？不对啊，你刚刚不是挺能说的吗？"黑色的身影伸出一根手指，点了点自己的脸，然后摆出疑惑的样子，说道。

可是狐岛依然愣愣地站在那里。

我看着黑色身影做出那种可爱的表情，瞬间将她与卡巴划到了一类。可

是，接下来发生的事情深深地刺激了我！

只见黑影拿出一条血红色的鞭子，一开始还是不紧不慢，但是就在我以为她是个善良的人时，她毫不留情地将鞭子甩到了狐岛的身上。

"啪！"

血红色的鞭子打在狐岛身上，瞬间皮开肉绽。

"啊！"狐岛精致的小脸上露出了痛苦的神色，那女人却笑了起来。

"哈哈哈，很舒服吧？我可是天天想你呢，恨不得吃你的肉，喝你的血！"黑影说完，扬手又是一鞭。

我站在一旁看着，不知道该怎么办。

不，我不能坐以待毙！就算我现在口不能言，就算要拼上自己的生命，我也要把狐岛救回来！

"你现在上去什么都做不了！"

就在我想行动的时候，心中响起了一个声音。

是安芜染！

我左右看看，此时安芜染被人反绑着手，眼睛往我这边望来。我看过去，正好和他的眼睛对视上。

还好，因为所有人和乌鸦的注意力都在狐岛的身上，所以安芜染虽然被绑着，却十分安全。

"我……你……安芜染，是你在说话？"我在心里想着。

果然，安芜染又给了我回复："小鱼，守护使和骑士是有心灵羁绊的，只

是这个能力只有在危急时刻才会出现！"

"那我能做什么？"我看着狐岛，心中十分焦急。为什么狐岛接收不到我的讯息？既然大家都是骑士，为什么只有安芫染能接收到？

"狐岛肯定是心里有事情，不然也不会任由魔王虐待自己。至于息九桐暮，你还是别指望了，他的神经比他的腰还粗！"

"你怎么知道我心里想什么？难道说你能窥探我内心的想法？"此时我已经不再看狐岛，只是睁大眼睛看着安芫染。

"不是和你说了，只有在危急时刻才会出现这样的情况吗？"安芫染一脸无奈，他的语气也透着一丝无奈。

"夏小鱼，你什么时候才能聪明些？现在不和你说这些了，赶紧给我松绑！"不等我回复，安芫染又命令似的说道。

"松绑？拜托，你能不能先看看周围的情况。虽然现在所有人都在看狐岛受虐，但你身边围着那么多只乌鸦，我过去是救你还是把自己送给乌鸦吃？"

"你是星光守护使，你不是一直都想证明自己是最聪明的吗？我现在就给你一个机会。"安芫染不可一世的声音再次响起。

"可是……"我打量着绑着安芫染的绳索，虽然不知道是什么材料的，但看起来很结实。

"夏小鱼，你只要把最关键的死结打开就好！"这时，我听到了安芫染咬牙切齿的声音。

糟了，怎么忘了现在安芫染能听到我内心的声音？

"就算不能听到你的内心，只要看你脸上的表情我就能猜到你在想什么。"

狐岛的痛呼声愈发惨烈，身上的鞭痕也越来越多。

拼了！

我握紧手中的权杖，然后蹑手蹑脚地往安芄染的方向移动。

看不到我，看不到我，你们都看不到我。

距离并不远，我却觉得自己挪了有一个世纪那么久。这期间，安芄染还时不时地用言语骚扰我。

"安芄染，你再说话我就……我就……"

"你就什么？"安芄染说道。

"不做什么！把你喂乌鸦！"

虽然不能说出口，但我还是可以在心里狠狠地骂安芄染。

终于，我离着安芄染只有两三米远了，却再也接近不了了。

"安芄染，有乌鸦，我该怎么办？"我对安芄染发出信息。

"明着没办法，你试试看能不能在心里用法术。因为守护使和骑士之间的羁绊，应该可以成功的。"

"呵呵，应该？没想到全校第一竟然也会有不确定的时候！"

"你就试试吧！难道你还想看着狐岛继续受罪？"

安芄染带着乞求的声音让我如闻天籁，终于能让他折服一回了！哈哈哈！

要是能把安芄染也变成小猪就更好了……

"夏小鱼，如果你再乱想，我就是拼了命也会拉你一起进地狱的！"安芃染威胁的声音又响了起来。

我只好放弃心里的想法，屏气凝神解绳索。

"夏小鱼，你在想什么，不是这样？"正当我冥思苦想的时候，安芃染又叫喊起来。

"又怎么了？"

"你脱我裤子做什么？"

"谁脱你裤子了！我离你至少有三米远，怎么对你动手？我这不是在解绳索嘛。"

"最大的结扣在我的身后，靠近我手腕的地方，你只要瞄准我的手腕催动法力就好了。"

事真多！

我再次屏气凝神，将思绪放空。

成败在此一举。

时间一分一秒地过去，我不敢睁眼，因为我不想看到狐岛满身伤痕的样子。我想捂住耳朵，因为这样就可以摒弃一切杂念。

"二月春风似剪刀！"

一句诗句从脑海掠过，随后一阵清风拂过。

我睁开眼睛，看到安芃染已经站起身，他使眼色示意我不要管他。我暗自点头。

现在，也就只有安芃染能战斗了。

安芃染抽出宝剑，在天空中划出一个圆圈，赤红色的圆圈逐渐变成了一把弧形的弯月刀，随后，一阵凄厉的嘶鸣声响起。

"啊！是谁？竟然敢暗害本大王！是不是你？"黑色身影发出凄厉的叫声，随后她狠狠地扬起手中的鞭子朝安芃染挥去。

"小心！"我大声喊道。

我这才发现，自己竟然又能说话了。

"安芃染，我怎样才能帮你？"我看着安芃染说道。因为刚刚的失误，我已经不知道该怎么面对安芃染，我的法术还是需要磨炼的……

"闭上嘴巴，照顾息九桐暮和狐岛！"

"想要狐岛？门儿都没有，今天本魔王高兴，就不陪你们玩了，撤！"

随着魔王的声音落下，一群乌鸦飞向了安芃染设的结界。

还没等我们反应过来，伤痕累累的狐岛已经被魔王揽在怀中。

"你别想跑！"

我大声喊着，刚想追上去，一旁的安芃染却软软地倒了下去。

美型骑士团
星辰王女

第七章

解除魔咒的星光初吻

安芄染静静地躺在地上，苍白的脸上没有一丝血色。

"安芄染？"我扑过去推了推他，小声喊着，"你不要吓我！都什么时候了……你别玩了啊……"

不知道为什么，看在躺在地上一动也不动的安芄染，我的心里没由来地感到恐慌，甚至希望他突然睁开眼睛，然后狠狠地嘲笑我，骂我白痴……

"安芄染……"我用力推着他，拍着他的脸，"安芄染，你再不醒过来，我就在你脸上画乌龟，然后把照片打印出来贴在校门口……"

求求你，像以前那样，随便说点儿什么吧！

我无力地瘫坐在地上，望着魔王消失的地方，心中一阵迷惘。

"安芄染……醒来好不好……狐岛同学被魔王劫走了，息九桐暮也被打晕了，我一个人真的不知道该怎么办……也许就像你说的，我就是个白痴、废物……"

心里酸酸的，超级难过。

我是个不合格的守护使！

如果换成别的人当星光守护使，安芄染他们一定不会出现这种情况吧？像

奶奶那样强大的守护使，一定不会让骑士遇到这样的困境吧……

如果我能更强大一点儿……

"哼……别担心啦……因为他使出了禁忌的招数，哼哼……"

一个声音幽幽地响了起来。

"谁！"我警觉地环视四周。

心脏剧烈地跳动着，我不动声色地握紧了放在地上的权杖。

现在除了我，已经没有人能够战斗了。

"哼哼……"

那个声音离我很近，我却怎么都没办法看到他的身影。

会是个很强大的敌人吗？

"哼哼哼——看这里！我在这里！"

那个声音中带着恼怒。

"你到底有多看不起我啊！"

我循着声音看过去，一个圆滚滚的粉红色声影，在息九桐暮的背上不停地蹦跶着。因为太过愤怒，最后一句话刚说完，那个声影就蹦跶了起来，然后落下的时候，一个没站稳，从息九桐暮的身上滚了下来……

"猪？"我看着那个想重新跳回安芫染背上，但因为腿太短，最终只能作罢的身影，不知道该说些什么。

圆滚滚的身影一僵，然后转过身来，黑色的豆豆眼狠起来很有喜感。粉红色的小猪抬头挺胸，皱着鼻子，想让自己显得更有威严，但是息九桐暮无意识

163

的一个翻身，将小猪牢牢地压在了身体下面。

"哼唧——放开我，你这个大个子……我呼吸困难……要室息了……我死了做鬼也不会放过你的，哼唧——"小猪奋力地想从息九桐暮的身体下爬出来，却徒劳无功。于是我看着它报复性地用后蹄在息九桐暮的脸上蹬出了一个又一个小蹄印。

"猪……说话了……"我揉了揉眼睛，不敢相信自己看到的。

不过……

这头猪还真是眼熟啊！

到底在哪儿见过呢？

"呜呜呜——亲爱的！"小猪终于挣脱出来，迫不及待地朝我飞奔过来，一边跑还一边念叨着，黑豆大的眼睛里全都是狂热。

这种让人看了就想揍的表情……还有想狠狠踩在它脸上的感觉……跟一个人特别符合……

"小亲亲——"小猪在快要接近我的时候，脚步突然加速，然后往上一跃，闭着眼睛噘着嘴巴一脸猥琐地朝我扑了过来。

"啊！我想起来了！你是卡巴大魔王！"说着，我的身体下意识地做出反应，权杖变成一根棒球棒。我用力一挥球棒，粉红色身小猪一下被打到了对面一根柱子上，然后又骨碌碌地滚回了我的脚边。

"说！你为什么要突然攻击我们？"我一脚踩在那个圆鼓鼓的小身体上——虽然有种在欺负弱小的感觉。

"呜呜呜——你不爱我……不爱我……"变成猪的魔王被我踩在脚下，居然开始大哭起来，"人家都变成猪了……明明是你把人家变成猪的……居然对一头猪下这样的狠手……"

变成猪的魔王一边哭着，一边做出捶地的动作。但是由于身体太圆，四肢太短，前爪只能在空中快速地划动着。

"对……对不起……"我习惯性地道歉，然后松开了踩着他的脚。

"不过我就是喜欢你这样……"魔王在我松开他的一瞬间，突然抱住了我的腿，粉红色的圆脸上浮现出两朵红晕，似乎周身都冒着让我超级不愉快的粉红色泡泡。

"啪——"

我忍不住一个踢腿，把他甩到了地上。

"又被甩了……又被甩了……呜呜呜——"魔王趴在地上，一边流眼泪一边哀号着。

权杖在我手中变成一把叉子，我用叉子指着魔王说道："快说，你攻击人界的真正目的是什么？还有，你把狐岛抓到哪里去了？"

"不是我……"魔王猪擦着眼泪，委屈地说，"我现在就是一只猪而已……"

猪？

我不相信地看着他。

"不相信你可以检查一下……"看到我不信任的目光，魔王自暴自弃地四

脚朝天瘫倒在地。

"你……真的一点法力也没了？"我用权杖戳了戳他圆滚滚的身体。

"呜呜呜——你不相信我……不相信我……好悲伤……被喜欢的人怀疑，还不如做成炸猪排！"魔王猪一边干号着，一边在地上打滚。

我蹲下身体用手戳了戳他，温暖而又有弹性——似乎的确是头普通的宠物猪……

不对，魔王都是很狡猾的，而且擅长伪装！他一定是想用无害的宠物猪的形象迷惑我，然后再连我一起打倒吧？

这么想着，我提高了警惕。

"啊——"

我用力拉着宠物猪圆嘟嘟的脸，然后松开手，他两颊的肉就像弹力球一样，回到了原位。

手感还不错。

这么想着，我将他从地上抱了起来。

"哎呀，小鱼亲亲居然抱了我……这下我就算真的被做成了炸猪排，也无所谓了……"宠物猪说着，脸上飘起了一朵红晕。

不对，他身上一定有变身装置或者魔王的信物，只要我一不留神，就会被他打倒……

我翻来覆去地检查着他身上自己觉得可疑的地方。

"突然这样热情，人家真的好不适应……但是只要你喜欢……可以多摸摸

我……我全身都是你的，不要这么着急啦……"

在我检查的过程中，宠物猪一直在嘟嘟囔囔着。

"小亲亲，你这么认真地观察我，是不是已经对我动心了呢？"宠物猪的豆子眼对我一眨一眨的，然后伸出那只能够得着自己脸颊的短蹄子，奋力地弯下腰，挠了挠自己的肚皮。

"蹄子短连挠痒都没办法做到呢……"看着他艰难的样子，我默默感慨。

不管我怎么检查，得出的结论都是：魔王似乎真的变成猪了。

可是……总觉得哪里不对……

"那个……"脚被人触碰了一下，我低下头，已经被我放下的魔王猪用前提挠了挠我的腿。

"嗯？"我不解地看着他。

"你难道没有什么想要对我说的吗？"魔王猪仰起脸，娇羞地看着我。

"有什么说的？"我疑惑地看着他。

"你将我摸光看光了，难道就一点儿责任都不想负吗？"魔王猪一副遭到严重打击的模样，眼里泛出了泪光。

"你是猪啊……"我抚着额头说道。

难道魔王变成了猪以后，连智商都会跟着一起下降吗？

"可是……我会变成猪……都是因为你啊！"魔王猪一副难以置信的样子说道。

"我？"

"自从被你变成了猪，我的魔力也莫名其妙地消失了。然后不知道从哪里冒出来一个人，她打败了我所有的手下，并且成为了新的魔王。这个魔王是黑暗的化身，听说是完美的黑暗的产物，没有任何情绪，目标只有毁灭世界……"魔王猪一边回忆，一边说着，然后突然像是想到了什么恐怖事情似的，打了一个寒战。

"可是……你不是魔王吗？"因为站着跟他说话太累，我蹲了下来。

魔王猪大声喊了起来："在我没有了魔力之后，我就被魔界抛弃了！那个新魔王还要人把我烤来吃了……呜呜呜，简直太丧心病狂了……要不是我用自己的美貌与智慧及时逃出了魔窟，我就真的再也见不到你了，呜呜呜——"

喂……你这样说人家好吗？你也曾经是大魔王。还有，你现在的样子只是一头猪，美貌？会不会想太多啊……

我无奈地看着这个没有丝毫魔王样子的前魔王，突然觉得他之前戴头盔的样子傻是傻了点儿，但是比起现在这只抱着我的腿的猪来，还是强多了。

"总之我现在什么都没有了，你要对我负责……"

"你要我怎样负责？"

"很简单……比如说，嫁给我，每天给我梳梳毛，喂我吃个冰激凌什么的……"魔王猪的黑豆眼里，闪着羞涩地神色。

"什么！你明明是头猪，小鱼都没有给我梳毛，没有喂我吃冰淇淋呢……"不知道什么时候醒过来的息九桐暮愤怒地朝魔王猪吼道。

喂！重点不是这个好吗？

息九桐暮醒来明明是件值得开心的事情，为什么我又有种想要把他揍晕的冲动呢？

"不如还是做成炸猪排吧……"我起身，将权杖变成一把刀，刀身闪着寒光，直对着他。

"对，炸猪排好吃，糖醋排骨也不错！"之前还离得挺远的息九桐暮在听到吃的以后，飞快地扑向了魔王猪，将它牢牢锁在怀里，讨好地冲我笑，"你看，我把它抓住了。是只小猪，应该鲜嫩多汁……"

"嗷嗷嗷，哼唧——"被牢牢扣在息九桐暮怀中的魔王猪用力挣扎起来，一边吼还一边用爪子在息九桐暮那张本来就已经惨不忍睹的脸上添了更多蹄印，"你们不能这样对我！我为世界和平出过力！我是很有用的！我还知道唤醒骑士的方法！大块头，你放开我！"

"哦？你真的知道怎么让安芫染醒过来？"我蹲下来，将刀逼近他的脖子，阴森森地问。

"嗯嗯嗯——"魔王猪眼泪汪汪地点头。

"什么办法？"

"那个……"魔王猪突然脸红了，目光也变得不安起来。

"你说啊！"

"可是那个方法很危险……"他犹豫地说。

"只要能将安芫染唤醒，我不怕危险！"我坚定地说。

"小鱼——我会保护你的！"息九桐暮不失时机地说道。

魔王猪趁着息九桐暮一时大意，用力挣脱了他的钳制，从他怀里跳了下来，站在离他稍远的地方，背对着我，在地上画着圈圈。

"可是我不想告诉你啊……"

"呜呜呜，都不知道对我温柔一点儿……"

"可恶！这样会便宜那个叫安芫染的家伙啦……"

"画圈圈诅咒你……"

"喂，你想好了没有啊？"安芫染还躺在地上昏迷不醒，魔王猪却还在嘟嘟囔囔着。我不知道昏迷会不会对他造成什么影响，但书上说，很多隐患就是在拖延中形成的……

"可是人家不想说……"魔王猪摇了摇屁股，换了一个姿势继续画圈圈。

"你——"我深呼吸着，强迫自己冷静下来，"安芫染还处在昏迷中，如果耽搁了时间，没及时赶到魔界，我怕狐岛发生意外……"

"呜呜呜——可是人家也担心你啊……"魔王猪转过头，双蹄捧着脸，说道。

"所以说……你到底要不要告诉我！"我觉得自己的耐心已经到了极限，愤怒地朝他吼道。

"不想……"他支支吾吾地说。

我深吸一口气，拿出了手机。

"呜呜呜……你就算用手机砸我，我也不会说的！"魔王猪象征性地用蹄子护着脸。

所以说你到底在坚持什么啊！

我看了从刚才起就一直盯着魔王猪流口水的息九桐暮，还有瑟瑟发抖的魔王猪，叹了一口气，然后拨通了电话。

"奶奶，晚上我带一头猪回去做烤乳猪，麻烦您给我准备点儿调料吧……"我一边说着，一边刻意地看了角落里的身影一眼。

"碳烤乳猪最好了……用果木碳来烤，乳猪的肚子里添上肉桂和苹果，再在外皮上刷一层蜂蜜，用烤架穿着，在炭火上慢慢烤出油，然后一片片切下来蘸料吃……"

"小鱼，小鱼，我可以跟你们一起吃吗？"息九桐暮蹲在地上，一边冲我眨眼睛，一边擦着口水。

不知道是不是我眼花，我仿佛看见那个粉红色的身影渐渐变成了白色……

"呜——我果然是只没人疼的猪——"

魔王猪的小声抽泣变成了号啕大哭。

"息九桐暮，如果食材跑了，你晚上就没饭吃了！"我冷酷地下达了命令。

"好的！"

听我说完，息九桐暮用我从来没有见过的速度扑向了魔王猪，然后死死地抱在怀中："晚餐，你乖乖的，不要逃！"

"哼唧——"魔王猪被拦腰抱住，黑豆一样的眼睛眨了眨，"原来……可以逃的啊……"

真是够了！吃这么笨的猪会有副作用吗？

"快放我下来，呜呜呜——好可怕！亲爱的，你不能这样对我！"像是突然智商回归了一样，魔王猪开始一边号叫着，一边乱蹬着腿。

"乖哦，烤乳猪……"息九桐暮摸了摸他的头安慰着，"小鱼，晚上可以多加一道排骨汤吗？光吃烤肉我觉得会口干，汤泡饭最好吃了！"

"不要吃我啊——我还有用啊——"魔王猪听了息九桐暮的话，挣扎得更厉害了。

"不吃你？你连怎么让安芃染醒过来的方法都不肯告诉我，还能有什么用？"我蹲下身，"对了，忘了告诉你，其实我奶奶做的泡椒猪皮、烤猪蹄、五香猪心，还有麻油猪血都超级好吃……"

魔王猪惊恐地看着我，下一秒晕了过去。

"喂，你怎么了？小鱼，猪的身体突然变冷了，是不是要死了啊？我们现在就回去要奶奶做吧！"息九桐暮惊慌地说。

"不——我说！"魔王猪猛地睁开眼睛，大声喊道，"守护使的吻可以消除骑士因为禁咒而导致的负面状态！"

"什么？"我一下子没听明白，"什么意思？"

"就是说，你亲安芃染一下，他就能醒过来……"息九桐暮发挥了他读书以来最厉害的一次句子翻译——不过没有加分！

"呜呜呜！我就说不要说出来啊！亲爱的，你的初吻明明应该给我才对！"魔王猪号啕大哭起来。

第七章

解

除

魔

咒

的

星

光

初

吻

“什么！小鱼你要去亲安芁染？我不准！”息九桐暮像是才反应过来一样，激动地冲我喊了起来。

喂，你这是什么反应啊！刚刚不是你翻译给我听的吗？

我一边想着，一边站起了身。

不就是亲……亲一下嘛……

我看着安芁染沉睡的脸，之前还平静的心里，突然起了一点儿小小的波澜，真的只有一点点……

才怪！

这是什么破方法啊，为什么我得主动去亲吻安芁染啊？

我不要！

“夏小鱼，你看你果然还是觊觎我的美貌啊！”

“你喜欢我到了连我昏迷都要强吻我的地步吗？”

“啧，被傻瓜亲吻，不会我也会变笨吧……”

啊——我仿佛已经能看到事后安芁染嘲讽我的脸了。

“呜呜呜——不要啊！小鱼，你不可以自暴自弃！”息九桐暮在我身后哀号着。

什么叫自暴自弃啊！你这个吊车尾的，难道连成语都不会用吗？

“我的初吻——”

“小鱼！你的初吻怎么可以给安芁染呢？”

“亲爱的，你不想做也可以不做啊！初吻对一个女孩子来说可重要

了……"

"小鱼！我愿意牺牲自己，成为你初吻的对象！"

我回头看着那两个一分钟前还是敌人，这一刻已经抱在一起痛哭流涕的人，心中烦躁不已。

烦死了！

我盯着沉睡中的安芁染，几缕浅金色的头发贴在他脸上，蝶翼一般的睫毛微微颤动着，好像他随时要醒过来一般，平时只会说尖酸刻薄话语的嘴唇，这时候却紧紧地闭着，形状意外的好看……

我像是着了魔一样，伸出手指，轻轻地触碰了一下……

有些凉，但是软软的……

轻微的鼻息扑在指尖上，带着一点儿湿气。

"不——"

"不要啊——"

身后又传来了两声哀号。

"喂——你们够了没！又不出力，还在一边瞎叫！"我火大地转过身，冲那吵得我脑仁疼的一人一猪吼道。

"可是，小鱼你这么有纪念性的初吻，居然就这样送出去了，呜呜呜——"息九桐暮擦着眼泪说道。

纪念性？

我果然不应该对他们的靠谱程度抱有太大的期望。

我看着安芃染，深深叹了一口气。

虽然说是因为治疗才不得不这样做，但是……

我吞了口口水，心里一直在打鼓。

夏小鱼，其实很简单的，你看准目标，然后眼睛一闭，头一低，马上就过去了……

真是超级简单！

快点儿！

我不停在心里给自己打气，明明很简单的一个动作，实施起来甚至用不了30秒，我却怎么都无法做到。

夏小鱼，你眼前的其实是一本世界顶级的参考书……想想你平时看到心爱的参考书会怎样？没错！就是抱着亲一口啊！

快一点儿……

我催眠着自己，然后头慢慢地向下……向下……

"不——小鱼！如果你一定要亲吻安芃染，那我宁愿牺牲我的初吻去吻他，也不愿让你的初吻落在一个小白脸的手中，啊——"

就在我已经快要成功催眠自己的时候，息九桐暮杀猪一样的哀号将我拉回了现实。

我睁开眼睛，懊恼地盯着安芃染离我只有几厘米之远的嘴唇。

真是……气死我了！

"息九桐暮！你知道我催眠自己去亲吻安芃染有多么不容易吗？"我看着

他，恨不得将手杖变成锤子，把他锤成肉泥。

失去了这一次机会，我不知道自己还能有多少勇气再实施一次催眠。

"你要想清楚啊……宝贵的初吻……"

"初吻啊……"

"居然是给安芃染大魔王啊……"

"他会怎样嘲笑你啊……"

"呜呜呜——我的初吻——"

一人一猪再接再厉，不停地用声音在我耳边轰炸着。

我感觉自己快疯了。

初吻而已！又不会掉肉！

我心一横，眼睛一闭，重重地将嘴唇落在了安芃染的嘴唇上。

突然整个世界都安静了。

我眨了眨眼睛，其实并没有什么啊……不像电视上说的，有天使吹着喇叭，或者有玫瑰花飘落。

"嗯……"因为刚才用了太大力气，我觉得好像磕到牙齿了……

一直紧闭双眼的安芃染，猛然睁开了眼睛，在我还来不及起身的时候，跟我四目相对。

这剧本好像不太对吧！

我表面上无比淡定，心里却哀号起来。

说好缓缓睁开眼，天空飘花瓣雨的场面呢？安芃染，你为什么睁眼不睁得

176

有艺术感一点儿啊！

我的思绪转得飞快，在心里默默推算这时候将安芃染一棒子打晕，然后等他醒后，我存活的概率是多少。

安芃染眨了眨眼睛。

我跟着眨了眨眼睛。

"啊——"安芃染惊慌地推开了我，然后坐起身来，飞快地向后退。

这是我第一次看见他惊慌失措的样子。

似乎……还蛮有意思的？

"啊——夏小鱼，你对我做了什么？"安芃染一边用力擦着嘴巴，一边对我吼道。

"我……没做什么啊……"我摊了摊手，"你受了诅咒，而守护使之吻可以帮你解除诅咒……"

"只是……解除诅咒？"安芃染像是深受打击一般，蜷缩在阴暗的角落。而在那个角落里蹲着的，还有息九桐暮和魔王猪……

"不然呢？"我撇了撇嘴，不明白为什么所有人都偏爱在墙角画圈圈。

"我的初吻……"安芃染悲痛欲绝地说。

"啊？"我没听清楚，皱着眉头问。

"我的初吻……居然被你这种白痴拿走了……不可原谅……这简直是我的耻辱……"

安芃染悲痛欲绝地说着，身上冒出浓浓的黑气，将息九桐暮和魔王猪吓得

177

互相抱着蜷缩在一起。

"我幻想过好多次初吻的情形……居然被用这种方法夺走……简直不可原谅……"他一边说，一边向我走来。

"扑哧——"

我忍不住笑出声来。

没想到安芄染居然会在这种事情上钻牛角尖……

听到我笑出声，安芄染本来就已经很难看的脸色，更像是被用黑色墨水涂过一般，而且，身后的黑气似乎更浓了。

糟糕……我好像触碰到了安芄染的逆鳞……

"夏小鱼。"安芄染字正腔圆地念出我的名字。

我看着他，心脏剧烈地跳动。

安芄染很生气，非常非常生气。

我……似乎做了一件很不好的事情？

"那个……安芄染……你听我解释啊……"

随着他一步步逼近，我不由得一步步向后退。我抬起头，猛然看见息九桐暮和魔王猪正蜷缩在角落里。

你们快点儿帮我解释啊！

我皱着眉向他们暗示。

息九桐暮看到了，冲我挤眉弄眼。

呜呜呜……默契度太低，完全不能理解！

我只看见安芃染的手中升起一个光球，这个光球比我以前任何一次看到的都要大，都要亮。

安芃染喃喃自语着："如果知道我人生污点的人都消失了，那这个污点就不存在了吧……"

"你冷静啊！冷静下来！"已经到了退无可退地步的我，只能试图跟他讲道理。

呜呜呜，息九桐暮到底在做什么啊！不是说过要保护我吗？

"呵呵呵……"进入狂暴模式安芃染只是看着我笑，然后将一团光球丢向了我。

光球在半空中迅速散开，变成一团超级耀眼的光芒向我扑了过来。我躲闪不及，感受到了那股迎面而来的灼热。

极大的压力让我喘不过气来。

这一次……真的要死了吧。

而且，我一定是有史以来，第一个死在自家骑士手中的星光守护使吧！

呜呜呜——想想就觉得超级丢脸啊！

不仅能力最差，连死的方式都这么惨。

奶奶，您会后悔选择我当星光守护使吗？

不过……现在后悔也来不及了，因为我马上就要跟世界说再见了。

我紧闭着眼睛，抱着头，等待着那一刻的降临。

"哗——"光芒降临在我身上的那一瞬间，像是遇到了什么克星一样，突

然消失不见了。

难道……是安芫染良心发现了？

我抬起头，看着安芫染气急败坏地不停将一个又一个光球丢向我，但奇怪的是，每个光球在触碰到我的一瞬间，都变成了一团团水蒸气，然后消失在空气中。

莫非……因为那次昏迷产生了什么不好的后遗症？

突然之间，我有些同情他了……

"安芫染……你……要不要休息一下啊？"既然没有生命危险，我想了想，开口问他。

"你——"安芫染神色复杂地看了我一眼。

"你毕竟刚发动过禁术，所以现在没有力量是很正常的……"我绞尽脑汁，搜刮安慰他的话。

呜呜呜——为什么我要做到这种程度，他明明还想让我消失呢？

"力量没有消失。"他瓮声瓮气地回答我。

咦？没有消失？

"那是怎么回事啊？"我不解地看着他。

"以你的智商怎么会明白！"安芫染愤怒地看了我一眼，然后怒气冲冲地想走。

"喂！我每次考试才比你差几分！"我愤怒地吼了回去。

真是的，不提起这些事情还好，一提我就来气。

我好歹是你的救命恩人，居然敢对我这样说话！

一般人遇到这种情况，才不会纠结什么初吻不初吻的！说得好像我不在乎自己的初吻似的！

安芁染简直太讨厌了！

"你以为我说的是考试的事情？就算不是考试，你也是个白痴啊！"

"安芁染！你是不是除了骂人白痴之外就不会骂别的了？"

"不是啊，我还会说智障、单细胞动物、脑子里灌水泥的夏小鱼。"安芁染斜眼看着我。

"你——"我气得浑身都在发抖。

气死我了！

我为什么要浪费自己宝贵的初吻救这个人啊？他果然还是处于昏迷状态最好相处！

"聪明成你这样，不也一点儿力量都没有啊！你那几个光球砸在我身上是帮我做毛孔清洁吗？"我绞尽脑汁，终于想到一个可以攻击他的地方。

"那是因为——"安芁染张口想反驳，但是看得出来，话说了一半，就说不下去了。

"因为什么啊？你说啊！"看见他这样，我更加幸灾乐祸地说道。

"白痴，闭嘴！"安芁染沉下脸训斥我。

"啧……说不出来就承认嘛，黑着脸吓人算什么……"我嫌弃地别过头。

"这……"

"这……"我挑了挑眉，学安芃染说话的口气。

"这次的魔界入侵跟平时不一样，我要去研究资料，好好想一下怎样才能救出狐岛。我很忙的，跟你这种游手好闲的人没办法沟通……"生硬地将话题扯远后，安芃染连看都不看我，就转身离开了。

"安芃染——"他走出几步之后，我忍不住叫住了他。

"什么事？"他不耐烦地说道。

"你平时走路，也是同手同脚吗？"我一边笑着，一边问他。

"夏小鱼！"安芃染愤怒地冲我吼着，然后更加迅速地走远了。

"呜呜呜——"

"嘤嘤嘤——"

在安芃染走远之后，两个一直把存在感降到最低的人又开始闹腾起来。

"你们两个到底怎么回事啊？"

一想到在我被安芃染欺压的时候，这两个家伙居然只顾着自己逃避不管我的死活，一股怒气顿时从我心中升了起来。

我快步走到他们身边，赏了他们每人一个栗暴。

"以为假哭我就会饶恕你们吗？居然让我一个人面对安芃染，你们就不怕我被他杀掉吗？"

"才不会呢，哼唧……"魔王猪一边吸着鼻子一边小声地解释，"现在起安芃染的攻击对你一点儿威胁也没有了……"

"啊？"我心里有点儿着急起来，果然还是因为发动禁术，让他的身体受

损了吗？

　　"哼唧，大气精灵第一个亲吻的人类会受到大气的保护，永远不会受到大气精灵的伤害……哼唧，我们去帮忙，也顶多是增加了一道菜而已……"

　　"是……是这样吗？"

　　"而且……而且……"魔王猪说着，好不容易收住的眼泪又要开始喷涌而出："这是大气精灵给喜欢的女孩子定情信物一样的东西。"

　　"呜呜呜——"

　　"我不要这样！"

　　"小鱼是我的！"

　　"大气精灵也喜欢她！"

　　"呜呜呜！讨厌！我失恋啦——"

　　息九桐暮和魔王猪不知道从什么时候开始，关系已经好到能够抱头痛哭的程度了。

　　"喂——"我纳闷地看着他们，"是我主动亲吻安芫染的，不是你们想象的那样……"

　　"不！你不懂！"息九桐暮转过头，信誓旦旦地对我道，"你没有注意安芫染后面的动作吗？但凡男生的举止跟平时不一样，就一定是喜欢上某个女孩子了。"

　　"喜欢？呜呜呜——我不要！"

　　说完，一人一猪又抱在一起埋头痛哭。

"喂……说得好像你们都经历过一样……"我郁闷地看着他们。

"电视上都是这么演的啊！"

"漫画上都是这么说的啊！"

两人同时开口。

默契这么好，你们怎么不结拜做兄弟啊！

"这……怎么可能……你们看安芄染那么讨厌我，天天喊着要杀了我……

呵呵呵——"我挥着手，极力否认着，但是内心深处又似乎有些什么在蠢蠢欲

动……

美型骑士团
星辰王女

第八章

备受质疑的守护之路

"啊啊……怪物又来了！"

有人惊呼。

"救命啊！"

所有的人都混乱起来。

一座大厦随即轰然倒地，灰尘四散。

路人纷纷逃亡。

在人们慌张冲撞时，一个小女孩不小心"啪"的一声摔倒，尖锐的小石头划破了她的膝盖，她疼得站不起来。

她抬起头，赫然发现眼前覆盖着一抹黑影。

一个长相极为扭曲的怪物张牙舞爪地站在她的面前，还不断地朝她发出恐怖的吼叫声。

"妈妈……"小女孩明亮的大眼睛里溢满了泪水，眸中的恐慌蔓延至全身，让她动弹不得。她吓得不敢再看那个怪物，用双手捂住眼睛，"哇"的一声哭了出来。

就在这个时候，一抹金光如离弦的箭迅速将怪物击到远处。

"真是千钧一发啊！"

我落地的同时，长呼一声，用衣袖擦了擦额头上密密麻麻的冷汗，然后迅速抱起小女孩，运用魔力几个跳跃之后将她放在安全区域。

"以后小心一点儿哦，小朋友！"我伸手轻轻按了按小女孩的脑袋。

"这就是新任的星光守护使！"

我正准备离开之际，发现好几个扛着摄像机的人将我团团围住了，还有一些人将麦克风递到了我前面。

"星光守护使！请问你有信心打败这些怪兽吗？"

"星光守护使，打败怪兽的时候有什么秘诀的吗？请教教我们！"

"星光守护使……"

"星光守护使……"

接踵而至的问题让我头昏脑涨，实在不知道要说什么好。我张张嘴，瞪着摄像机。

你们能不能别问我那么多问题啊！我哪知道啊，秘诀什么的要是我有，我早就秒杀怪物了，还会等到现在吗？等等！旁边那位大叔，你拿着手机照哪里呢？信不信我用权杖轰爆你！

大叔似乎感觉到了我带着警告意味的目光，连忙收回手机，一直傻笑着："第一次看到魔法少女，有些激动，哈哈哈。"

有什么好激动的！还有，我不是魔法少女！

忽然我的衣领被人扯了一下，我被拉出了人群。

我扭头一看，看见了安芃染那张臭脸。安芃染碧绿的眼眸里透着不耐烦，他淡淡地对记者们说道："守护使还在战斗中，请不要妨碍她！"

不愧是空调中的战斗机，一出现周围的空气仿佛都结冰了似的。在这炎热的天气，有这样的人形空调陪伴在身边，这样想想倒也是一种乐趣。前提是他能正常说话。

"你本来就笨得无药可救，被他们这么一打扰，看起来就更蠢了。"安芁染看似不经意地在我耳边说了一句。

我颇有几分怨恨地盯着他的薄唇，真怀疑他童年是不是有过什么惨痛的经历，导致他那张嘴变得如此狠毒，不说话会死吗？会吗？会吗？

记者打了个寒战，怯怯地收回手，道："不……不妨碍了，呵呵……"

安芁染就像拎小鸡似的拎着我的衣领，将我提回了战斗区域。

我眼角的余光看见息九桐暮正努力地跟一个老奶奶谈判。

"老婆婆！你快点儿离开，这里很危险！"息九桐暮撕心裂肺地在老奶奶耳边吼着。

老奶奶："啊？你说什么啊？"

"我说！这里很危险，快点儿离开！"

"对！对！对！我也觉得这场电影很好看。"老奶奶抖着菊花脸，扬起开心的笑容。

息九桐暮就快要崩溃了："老太婆，我是叫你快点儿离开！"刚说完，他腹部就受了老奶奶一拐杖。

"不准说我老太婆！我年轻的时候可是散打高手。"

"你骗我！为什么说坏话！听得那么清楚，你果然是跟我作对吧！"息九桐暮做出一副"人与人之间还能不能有最基本的信任"的样子。

我顿时感到一阵无力。

安芫染在我耳边说道："专心战斗。"

是是是，不用你说我也知道！星光守护使这职业就是没薪水没奖金，每天还要跟这些魔兽战斗到半死不活。时时刻刻面对安芫染这超于常人的毒舌功力，我觉得自己的忍耐力简直到了专业级。

我轻轻踮起脚朝魔兽跑去，手中的星光权杖凝聚着银白光芒。我高高跃起，对近在眼前的怪物大喝道："看我不抽死你！"

权杖狠狠一击，正中魔兽的脑袋。但是这一击好像不痛不痒，魔兽反而挠挠脑袋好奇地盯着我，随后它一爪子抓住我的脚，将我狠狠甩到了一边。

"好痛……呜——"

身体如抛物线般远远划去，狠狠撞上坚硬的墙壁，我闷哼一声，幸好身上的小礼服有自动保护功能，要不然这样一摔就糗大了。

朦胧的视线中，一团粉红色物体急忙向我跑来。

"小鱼，小鱼，你怎么了？昏过去了吗？不要紧，不要紧，让我给你做人工呼吸，然后再全身按摩，你肯定会醒过来的！"

听到这句话，我原本还有些迷糊的大脑瞬间清醒过来。我惊魂未定地抓住就要向我扑来的魔王猪。

果然，我不能对这家伙放松警惕！

魔王猪见我完全清醒了，讪讪地冲我说道："醒了啊……"

我望着他，冷笑一声，然后用双手将他抓住，高高举起，投掷目标是不远处的魔兽。

　　"咦，小鱼，你要干什么？难道你……不要啊！不要啊！喂！冲动是恶魔，要冷静啊！"魔王猪不断在我手中挣扎着。

　　一个标准的抛球姿势定格了一秒，随即我狠狠将手中的魔王猪丢了过去，正中魔兽的脑袋。

　　这次攻击有效，魔兽头上起了个大包，然后轰然倒地。

　　魔王猪颤抖地立起四肢。

　　息九桐暮在一旁看见了，双眼冒起小桃心，欢呼着："小鱼好帅！加油！加油，我为你欢呼！"

　　"你也要帮我出力！"我朝他大吼一声。

　　一个两个都是拖油瓶！怎么比照顾熊孩子还要累啊！不行，我要向奶奶抗议，我要每个月都拿到辛苦钱！

　　这样想着，我拿起权杖继续投入战斗。可是现在狐岛被抓走了，力量不足，我的多次攻击对魔兽来说都不痛不痒。

　　"啊——"

　　我又被魔兽重重甩开，喘着粗气趴在地上。

　　不行了，体力透支了。

　　"小鱼！不用怕，我来救你了！啊——"息九桐暮冲了过来，结果还未动手就被魔兽一爪子拍得远远的。

　　我泪流满面地盯着已经变成天空中一颗明亮星星的息九桐暮，暗想：你是来救我的还是来捣乱的？

　　"我真是替你担忧。"

冷淡的嗓音响起，眼前的魔兽瞬间倒地不起。

安芃染收回手中的剑，居高临下地盯着我，唇角勾起讽刺的笑容，道："尽给别人添麻烦。"

等等，安芃染，你这句话就说得不对了。我刚刚可是很努力地在战斗杀敌啊！添麻烦的是那头猪和息九桐暮吧！

安芃染也不等我说话，转身抬脚踩中其中一只魔兽的胸口，魔兽顿时哀嚎一声。

我浑身一颤，仿佛感受到了那一脚的力度。

安芃垂下长长的睫毛，冷冷地问道："狐岛被你们带到哪去了？"说话之间，他还加重了脚上的力道。

魔兽沉默一会儿，咳嗽一声说道："我们来地球之前，新魔王大人在我们身上下了一道魔咒，就是我们之间只要有谁说出人语，那么我们就全都会灰飞烟灭，所以，你是问不到任何情报的。"

说话间，魔兽半个躯体已经变成淡淡的青烟，它说完最后一个字，在场的所有魔兽全都变成青烟，缓缓散开。

安芃染眸中的神情极为复杂，他盯着青烟看了片刻之后，便转身离开了。

"小鱼小鱼，你没事吧？"魔王猪甩开四条小短腿跑到我身边，用鼻子拱着我的身子。

"她？她能有什么事情啊！"安芃拍了拍身上的尘土，连头都不抬地说。

"唉！"我轻叹一声，刚想说点儿什么，安芃又开口了。

"得了得了，什么都别说了，就看你刚才那几下子，天知道你还会怎么给

这些魔兽挠痒痒。降妖除魔可不是过家家，你这一身……"安芄从上到下打量了我一下，"稚气，咳咳……"安芄没在继续说下去，只不过那个眼神中全是无尽的鄙夷。

"小鱼，你看这个！真是太过分了！"息九桐暮气冲冲地将一份报纸拍在了我的面前。

我放下手中的参考书，无奈地看着他："是最新的游戏推迟发售了，还是限量的球鞋已经预售一空啦？"

"我像是那么肤浅的人吗？"息九桐暮冲我龇牙。

我摇摇头，从桌上拿起那份已经快要被他揉烂的报纸。

"新任的星光守护使是走后门才当上的吗？"

"揭秘星光守护使选拔的方法！"

"零距离直击新人新光守护使的战场！"

"新任守护使果然还是不如前代，求前代守护使复出！"

一排排黑体加粗字体印在报纸上，像针一样刺激着我的眼球。

"你……没事吧？"息九桐暮小心翼翼地问我。

我瞟了他一眼，放下手中快要被我翻烂的报纸，拿起放在一旁的参考书，漫不经心地说道："没事啊，我很好。挺好的，心情明媚！"

"小鱼，你千万不要有压力！"息九桐暮相当严肃地说道。

我盯着手中的参考书，第一次没有将参考书中的内容全部记入脑中，心中

翻滚的全是无尽的愤怒和委屈。

好吧，我承认我能力差。但是，我拼尽全力地战斗，不是让你们来评头论足的。

我紧紧攥着手中的参考书，眼眶一阵酸痛。我努力吸吸鼻子，将眼眶中的泪意逼了回去。

我真是个不及格的星光守护使，真是丢尽了奶奶的脸。

"夏小鱼，班主任找你。"

我放下参考书，佯装镇定地点点头。

坚强一点儿，不能哭。

我来到办公室，班主任一看见我就有些失望地摇摇头、。他拍着桌子对我说道："夏小鱼同学，最近你的状况怎么变得如此之差？虽然你成绩好，但不能自傲，知道吗？"

我老老实实地站着，有气无力地盯着班主任的脑袋在我面前摇来晃去。

唉，最近班主任的发际线又上提了好多，头发变得更加稀疏了，已经到了无法拯救的边缘。

"夏小鱼同学！你在听我说话吗？"

我回过神来，看见班主任一脸恨铁不成钢的模样瞪着我。我点点头，说道："在听啊，听得清清楚楚的。"

"我看你压根不知道我在说什么吧。"班主任摸着自己光滑的脑门，继续瞪着我。

我心虚地别过头。

“也不知道你最近到底在做什么，搞些什么乱七八糟的东西来糊弄我！”班主任一个劲儿地自言自语，还手舞足蹈的，以表示自己的气愤。

我只觉得脑子里面像是有一万只蚊子在嗡嗡地叫。

不知道过了多久，班主任总算训完了话。我抹了一把脸上的口水，飞也似的奔出了办公室。

夏小鱼，你不能被这些话打倒，他们什么都不懂，什么都不明白，你不要跟他们计较……

我一边走着，一边在心里暗暗告诫自己。

然而怎么可能不委屈！自己原本只是一个普通的学生，只需要每天做自己最喜欢的题目就好。而现在，我放弃了最喜欢的题海，去当什么星光守护使，那些愚民居然还那样说我！

我忽然接手星光守护使这个职责，当然需要一段时间来好好适应自己的新身份啊！

“可恶的愚民……呜呜……人家明明那么努力了，明明已经准备好好当星光守护使了，明明已经做出最大的努力，可是为什么你们还要这样说我！还有，为了当一个合格的守护使，我连自己最喜欢的参考书都没时间看了，你们这样说我，对得起我吗？”

我捂着脸，心情陷入前所未有的矛盾当中。好希望找一个地方躲起来，好希望能够远离这些乱七八糟的东西。

将眼泪擦掉，我忍不住握紧拳头：“什么职责，什么魔兽，什么骑士，全都滚开！”

我一路碎碎念地回到家。

走进客厅，我看到奶奶正戴着她的老花镜在看报纸。

"奶奶，我回来啦！"我看了一眼坐在沙发上的奶奶，打招呼道。我的声音听起来有些有气无力。

奶奶在听到我的声音之后，放下了手里的报纸。看见我垂头丧气的模样，她脸色微变。

"我的小鱼怎么了？看起来好像很不开心的样子啊！因为这一次的事情就被打击了吗？你这哪里像是我们的小守护使啊！"奶奶的声音听起来很温柔。

我转过头看向奶奶，发现奶奶正用鼓励的目光看着我。

心头一酸，心底的委屈再也忍不住。我一头扎进奶奶的怀里，哭诉道："哇，奶奶，他们全都是坏蛋，呜呜呜……"

奶奶伸手摸了摸我的头发："好啦，乖，告诉奶奶发生了什么！"

虽然，她早已从报纸上知道了事情的经过，不过，有些伤心事，只有当事人自己说出来，才能很好地解决。

"我不是废物！"我握拳抗议。

奶奶却乐了："谁说你是废物！奶奶用棍子打他！"

奶奶的安抚没有得到我的认可，我撇撇嘴，还是一脸不愉快的样子。

"报纸上又没有说清楚，只是一张模糊的照片而已。"奶奶继续不在意地说道。

"才不！这样根本没有守护使的样子，谁还能相信我！"

奶奶叹息了一声："奶奶相信，我的孙女绝对不会因为那些质疑就这样痛

哭！"奶奶的眼神很坚定，似乎在说：小丫头，你肯定有什么烦心事，尽管跟奶奶说，奶奶会帮你！

看着奶奶的眼神，我的心前所未有的安宁。

"那个……"我眼神无辜地看着奶奶，"我打不开魔界的大门！"我沮丧的耷拉着脑袋。

奶奶忽然笑了，眼神温柔带着鼓励。

"就为了这点儿事情？"

奶奶怒瞪了一眼，我乖乖地坐着。

"奶奶…这是天大的事情呢！"我嘟囔着。

"你自己也不好好想想，魔王猪也许有办法呢。"奶奶在旁边提示着。

此刻，我的情绪已经低落到了极点。

"奶奶，魔王猪真的有办法吗？"我还是不确定。奶奶是上一代的星光守护使，她知道的应该比我多很多吧。

"嗯，那是一个特殊的渠道，据说，里面随处可见地狱火莲。一般的人肯定无法通过，漆黑的环境更是考验进入者的心理素质。"

奶奶的话，让我再次陷入沉思之中。

事情发生之后，柏尢染对任何事情都抱着怀疑的态度，再加上还有一个啥事都没有办法帮忙的息九桐暮在旁边搅浑水，让我感觉举步维艰。

我越想越委屈，越想越生气。为什么什么糟糕的事情都让我遇到了！我忍不住噘着嘴，眼泪汪汪地看着奶奶。

大概感受到了我的忐忑不定，奶奶忽然笑了。她拍了拍我的后背，慢慢地

第八章

备受质疑的守护之路

说："我的小鱼从小就是一个坚强的孩子。小时候奶奶背你去大山里面玩，那个时候你只有三岁，奶奶不小心滑了一下，脚崴了，还把你的胳膊也摔破了，你还记得自己当时是怎么做的吗？"

奶奶故作神秘地看着我，我迷茫地摇摇头。

"当时，你用衣服擦了擦胳膊上的血，一滴眼泪都没有流，然后跑到奶奶的身边对奶奶说，'奶奶，你的脚怎么样了？我背你'。那个时候我就知道我们的小鱼是一个坚强无比的孩子！"

奶奶说的这些，我一点儿印象都没有，所以很想有所了解，于是赶紧止住了眼泪，平心静气地听奶奶述说。

"真的吗？奶奶，这是真的吗？"我眨巴着眼睛凑近奶奶，特别想要得到肯定的回答。

"嗯，是的！"奶奶抚摸着我的头发，笑得非常慈祥。奶奶轻柔的抚摸并没有停止，而是更加缓慢。

"现在的小鱼绝对更加优秀，所以，小鱼要相信自己！这个世界上，再也没有人比你更适合当守护使了！至于怎么打开魔界大门，只要开动脑筋，一定可以找到正确的方法！"

我抬头惊讶地看着奶奶。

"相信自己的判断就能够找到方向。"

"奶奶，魔王的话值得相信吗……"我有些迟疑。

"小鱼心里不知已经有了答案吗？"奶奶的声音带着调笑。

我看着奶奶的笑脸，心里忽然明白了什么。

197

奶奶的话还在继续．"小鱼要坚定自己的心，因为，小鱼不仅仅是一个人在战斗，你还有你的骑士们，小鱼保护着这个城市，而骑士们守护着小鱼。如果小鱼因此而犹豫不决，守护者们也会迟疑不定，战斗力也会大打折扣！"

"守护者们！"我抬头，眼中有着一丝迷茫。

"是的！"奶奶点点头，眼中带着一丝算计的神色，嘴角处勾起，就好像诱哄小孩子一样，"所以，小鱼，你要拿出你作为守护使的气势，不管面对什么事情，都要坚定而果断；不管遇到什么样的困难，也毫不畏惧。当然，遇到其他事情的时候，例如，面对魔王所说的话，就要相信自己内心的判断，这样才不会走错路哦！"

奶奶的话，就好像是强心剂注入我的心中。那一刻，我觉得，我的心前所未有的明朗。

"奶奶，小鱼知道怎么做了！"我握拳对奶奶说道，然后就回了自己的房间，准备接下来的事情。

我不知道，就在我离开之后，奶奶露出了一个狐狸一样狡猾的笑容。

深夜12点，公园。

"你们大半夜把我叫到这里来要干什么？"

安芜染的表情极为扭曲，浑身散发着因为人强迫叫起床的低气压。

我趴在地上仔细地检查着收音机。听见安芜染这样问，我回头冲他笑道："当然是跳广场舞啊！"

安芫染毫不犹豫地转身："我有事,先离开了。"

我哀号一声,扑上去抱住了安芫染的大腿："不要走!"我的泪水鼻涕全蹭到了安芫染的裤管上。

不管他洁癖有多重,为了留住他,我打算连矜持都丢掉!

魔王猪哼哧哼哧跑过来,帮我咬住了安芫染的裤管。息九桐暮看见了也不甘寂寞,屁颠屁颠扑上来凑热闹。

我阴森森地笑了,继续说道："安芫染,要是你不留下,我直接把你晕倒的照片张贴在学校的宣传栏上!"

"你!"安芫染咬牙切齿地看着我,一脸想杀人的表情。

犹豫了许久,安芫染终于妥协。他戴上不知从哪里找来的口罩,只露出一双冰冷如霜的绿眸,站得离我们远远的。

安芫染肯留下,我也不再强求什么。我兴致勃勃地打开收音机。收音机一打开,就响起了优美而激昂的音乐。

"你是我的小呀小苹果,怎么爱你都不嫌多……"

我笑眯眯地看着安芫染浑身颤抖的样子,心中无比愉快,之前的沮丧早已飞得一干二净。

我激动地举起双手,大叫道："弟兄们!舞动起来!"

"哦!哦!"魔王和息九桐暮显然被这充满梦想和激情的歌曲感染,欢快地跳起了舞。

眼角的余光扫到安芫染,他正捂着头,蹲在一边当路人。

"安芫染!这样不行哦,一定要跳起来,不然就不能救狐岛同学了!"我

大声冲他吼着。

"你闭嘴！不要叫我的名字！"安芜染愤怒地冲我叫着，身体极其不协调地扭了起来。

不知跳了多久，公园中央逐渐出现了一个洞。我擦去一脸热汗，有些意犹未尽。

不能继续看安芜染那别扭的舞姿了，真是可惜啊！

我拎起放在一旁的书包，说道："好，魔界的大门重新打开了，我们继续前进！"

说完，我率先跳进洞里，几乎是下一秒，双脚就触到了一片平地。

我站起身子，望着前方，顿时变了脸色。

"怎么会变成……啊——"

"小鱼！你怎么了？"

我头顶响起息九桐暮惊慌失措的声音："你在哪里？我怎么看不到你！"

"你给我让开！"

废话，你当然看不到我，我被你才早脚下啊！

"啊……"息九桐暮后知后觉地明白过来是怎么回事，他羞红了脸，嘿嘿傻笑起来，"抱歉，小鱼……啊——"

息九桐暮口中再次发出哀号，然后我的身体再一次遭受到了碾压。

"啊！"

我叫得比他更加撕心裂肺。

你们都是串通好的吧！怎么一个两个都往我身上压啊！

"啊，抱歉。"安芄染看起来没有一丝惊讶，他轻巧地从我和息九桐暮身上跳下之后，一脸严肃地看着四周的风景。

我扶着酸痛的腰站起身，恶狠狠地瞪着安芄染的背影，脑中不断思索折磨安芄染的办法。

最后跳下来的粉红色小猪在我头顶弹跳一下就骨碌碌滚到了地上。

我双眼含泪地捂着头上被撞出来的大包。都怪我今天出门不看皇历，结果霉运连连。

"你不要以为你道歉就能解决问题！"我愤怒地冲安芄染吼道。但是，看他的表情，剩下的话我还是憋回了肚子里。

"这里是……怎么回事？"

顺着安芄染的目光，我打量着四周。

当看到周围的环境那一刻，我愣住了。

原来的童话世界不见了，现在呈现在面前的是一望无际的荒原。原本碧蓝的天空被阴沉乌黑的东西遮蔽，那团东西，远远看着像是乌云，但是给人的感觉却像是黏稠的废气。

"咔嚓——"

几个人都被这忽然响起的声音吓到了。

我抬头看向头顶，不知什么时候，乌黑的云已经聚集到周围。刚刚那一声，听着像是雷声，却又不是。

"沙沙沙……"

忽然就下起雨来。

几个人都有点儿愣，似乎没想到雷阵雨说来就来。随即我们想要找个地方躲起来，但是，远处除了石头还是石头，根本就没有地方能够避雨。

"快，找个地方……"话说到一半，我猛地顿住了，只因为还没有等我把话说完，雨已经停了。

"快看！"

我顺着声音看过去，这一看，忍不住瞪大了眼睛。刚刚落下的雨水，居然将地面的树木都腐蚀掉了。

"啊，我刚刚也被那雨水淋到了，会不会也被……"

"蠢货！"安芃染的声音一如既往的让人不爽，"我们没事，不过，魔界里的生物可就没有那么好运了！"

我有些不爽地撇撇嘴，再次看向远处。

这一刻，我似乎明白了为什么整个魔界看起来这么奇怪。原本茂盛的森林不见了，变成了沙漠，原本的高山就只剩下石头，原本的树木全都只剩下树干，原本的生物不见了，只剩下了骨头，不，很多连骨头都不剩了！

看着这荒凉的世界，我全身的毛发都竖了起来。

恐惧、不安、阴暗、冰冷……感受着魔界散发的气息，我的心缓缓陷入不安之中。

"我的魔界！怎么会变成这样？"魔王猪近乎颤抖地说道。周围没有了熟悉的魔物，也没有了熟悉的声音，他气得发狂。

"谁知道，大概就是新魔王太无聊了，随便折腾一下，就把魔界变成这样了。"安芃染的话一如既往的刻薄。

不知什么时候，四周出现了许多石像。本来我们都没有在意，但是越走越觉得这些石像似曾相识。

旁边一脸懊丧的魔王猪比我们更加好奇，他甩开四条小短腿跑了过去，站在那里观赏。谁知道，他刚看了一眼就哭着叫出声来："小明！我忠心的部下！"

魔王猪凄凉的声音响彻整个魔界，他的眼泪滴落在干涸的地上，只是从地上的裂缝渗上来的都是血红色的液体。

我惊愕之余，不由心里发寒。到底是谁把魔界毁成了这个样子？难道真的是新魔王？

但是，既然她是魔王，整个魔界都是她的，她为什么要毁掉魔界呢？

魔王猪颤巍巍地走到石像前面，抬起左蹄拍拍小明。他不禁悲从中来，忠于他的部下蜷都被变成了石像。

"你们遇到了什么？谁把你们变成这样的？"魔王猪哀伤地看着石像小明。

"大王……"

一个微弱的声音引起了我们的注意。

我抬眼望去，看见一个下半身变成了石像的魔奴，他看起来极为虚弱，没有变成石头的上半身伤痕累累，看样子经历了十分激烈的战斗。他的嘴唇一张一合像是要说话，却很难发出声音。

"小红！"魔王猪听到那虚弱的声音，赶紧转身。

魔王猪抬起自己的右蹄，想要帮他的部下从石头的束缚中挣脱出来，可

是，拉了好一会儿之后发现只是徒劳，最后，他只能选择用鼻子拱着他。

魔王猪的泪水再也无法控制地流了出来："你们为什么会变成这样！这倒是是怎么回事？"

小红虚弱地说道："因为我们……想念着您，想跟随……您，所以我们就……反抗，结果……"

小红已经无力再说下去了，他看了看周围，又看了看自己，嘴角带上了一丝笑意。

他所热爱的魔王，居然回来了。他相信，只要魔王回来了，那么就一定可以将那个坏蛋魔王赶走！

小红拼着最后一口气缓缓说道："大王，就算您变成了……一头猪，我们依旧想念着您。"

魔王猪的眼泪在眼眶里打转，他胡乱地跺着蹄子，想要阻止小红石化，却无能为力，只能眼睁睁地看着自己心爱的部下定格在了这最后的痛楚之中。他张张嘴巴，连一个音节都无法发出。

忠心的部下全部变成了石像，这对他来说是多么的残忍。本来魔王变成了一头猪，对他的自尊心就已经是极大的打击了。就在他终于能够面对现实，想要争取回一切的时候却发现，他无法用自己的力量来挽救他们。

这样的落差，这样的无助，对于一个魔界的帝王来说，简直就是人间地狱般的折磨。这里不再是他熟悉的世界，是真正的地狱。那种无力感，让魔王猪发出一声声哀号。

那声音深深地刺痛了大家的心，没有人知道里面包含了多少无助、伤心、愤怒……

魔王猪愣愣地看着变成了石像的小红，沉默了一秒说道："我不是一个强大的魔王，否则不会如此无助。"

我看着眼前发生的一切，上前拍了拍魔王猪的小脑袋，安抚道："别这样，他们还有得救！只要足够强大，就一定能够让他们变回来！"

"没错！"息九桐暮豪迈地卷起衣袖，道，"只要我们打败了那个人，就能重新将你的部下复活了！"

魔王猪听后，用蹄子狠狠擦拭眼角的泪珠，眼神变得无比认真。他用坚定的目光直视着前方，冷声道："我绝对要夺回属于自己的东西！"

瞬间，一股阴冷的气息在魔王猪身上升腾起来，他的周围有幽灵般的火焰在燃烧着。

我看见一向只会卖萌的魔王，这一次终于露出了认真的神情，那种强大的气势弥漫在他的身边。

我心中一暖，道："嗯，没错，一定的！"

安芃染站在一旁冷眼看着这一切，神态严肃。他侧耳倾听，淡淡地警告道："看了那么久，怎么还不现身，难道你有偷窥的癖好吗？"

"咦？"

听见安芃染没头没脑的一句话，我有些奇怪地望向他。随后我回过神来，难道从一开始就有人一直在注视着我们？

一想到这个可能性，我不由得起了一身鸡皮疙瘩。

"呵呵，真不愧是大气精灵啊！"

一个娇滴滴的声音响起之后，一个身穿华美繁复洋装的女子出现在眼前，她手中举着镶着黑色蕾丝边的小花伞。

她肌肤白皙，嘴唇殷红，但奇怪的是，她的眼睛上却绑着白布。

就算双眼被绑住了，她还是准确无比地看向我们所在的位置，小嘴微微张合，唇齿之间隐隐现出鲜红的蛇芯子。

"恭候大驾光临，我为诸位准备的表演精彩吗？"

魔王猪一听到她这句话，顿时炸毛："原来是你干的，美凡莎！"

美凡莎一听魔王的话，浑身一颤。随即她阴恻恻地吐着蛇芯子，缓缓说道："前魔王大人，别来无恙啊。"

魔王猪一听美凡莎这样说，脸上浮现出丝委屈的神情，他沮丧地垂下尾巴。

美凡莎殷红如血的唇角挑出不屑的弧度，纤指慢条斯理地梳理着耳边有些卷翘的发丝，嘴里说出恶毒的话语："我对你厌恶至极，堂堂一介魔王大人品位低俗不堪，好恶心，好想吐！"

魔王猪双眼含泪，彻底被打击到了。

魔王猪四爪抓着我的裤管，哼哧哼哧地爬到我怀中，露出个屁股对着美凡莎，独自默默舔伤口。

"卡巴……"我有些担心地看着他。

我能够感受到他的疼痛和愤怒。被自己曾经信任的部下这样坑害，他一定

深受打击吧……

　　美凡莎却毫不在意，放肆地说道："如果你们要见那个人，就要过我这关。"随着语调的升高，美凡莎周身开始缭绕着蒸汽般的迷雾，她的身影忽隐忽现。

　　我集齐周身的能力形成一个透明的保护罩，罩在了我们周围。我抱着魔王猪，高仰着头说道："战斗吧！"

　　我伸手在书包中搜索，不知道那东西在不在，要是在的话就帮了大忙了。

　　美凡莎用纤指缓缓揭开白布，露出空洞无神的双目。这双眼睛的瞳孔非常特别，没有眼白，就像是一个无底洞一样，能够把人的灵魂深深地吸进去。这双眼睛像是要吞噬什么东西一样，透着红色的贪婪的光泽。

　　"凡是被她那双眼睛看到的人，都会变成石像……"这时，魔王猪开口提醒道。

　　美凡莎肆无忌惮地向四周扫视着，搜罗所有能够看到的活物。就像是审判庭里面的审判官一样，用这样的眼神昭示着自己判人生死的权利。

　　我们全都躲避到了石像后面，免得被美凡莎看到。

　　安芫染紧皱着眉头，似乎在思索什么。

　　"哈哈，你们逃不掉的，你们以为躲开我就可以了吗？做梦！"美凡莎慢慢地游走在石像之间，身上的雾气更加浓重了，几乎是除了眼睛之外，周身都布满了一层薄薄的雾气。

　　我手里攥着从背包里拿出来的东西，却不敢上前，这个美凡莎的能力实在是我们不可预知的。

　　我看到安芜染把白布条一甩，布条的一断缠绕在了美凡莎的小腿处，他右手一使劲，就把她面冲我的位置放倒了。

　　我勾起一抹笑容，左手抓着小镜子往前伸。

　　果然，美凡莎只是愣了一下，就没有了任何反应。

　　她错愕的表情让我很满意。

　　"你确实说得没错。"我拿开放在美凡莎面前的镜子，慢条斯理地笑着说道，"连你自己被自己看见了，也变成了石像。怎么样，变成石像的滋味如何啊？"

　　美凡莎没有任何回应，因为她已经完全变成了石像。

　　我把小镜子放回包里，拉好拉链之后，对着空中拍了几下，大家才从石像的后面走了出来。我刚想上前感谢安芜染，他却冷着脸走到了一旁。

　　"好棒！好厉害！"息九桐暮在旁边欢呼着。

　　我拍了拍魔王猪，道："乖，打败了那个人后，你的部下会恢复的。"

　　我们在途中遇见个少魔兽，原以为能战上一场，结果他们提出了各种稀奇古怪的问题。

　　饱览群书的我，怎么会被这些幼稚的问题难住？

　　当然，那些魔兽中也有聪明的，专门挑其他人来回答。但好在是让安芜染来当答题主力。我被几个身材高大的魔兽围在中间，光能听到声音，什么都无法暗示。

　　不过，安芜染利落地给出了正确答案。

　　我在心里窃喜着。

解决了不知道多少魔兽后，我的耐心也彻底耗尽了。

我诧异了一下，问狐岛的下落有那么难吗？一问他的下落，魔兽不是化成青烟就是瞬间消失，根本没有给我留下询问的机会。

不行！这次一定要问出来！

我眼中的怒气无法再遮掩，安芜染却吐出了冰冷的两个字："冷静！"

我刚想扭头看他，他却转身离开了。

他的话就像一盆冷水，让我从头冷到脚。

此时，我眼前出现了一个肌肉发达的牛头人魔兽，安芜染用冰冷的视线扫视了它一眼，我的嘴角也勾起了一抹残忍的笑容。来到魔界后，在一次次的磨炼中，我周遭的守护使气息开始凝聚了。

我掰着手指关节，冷冷瞥了一眼那牛头人魔兽。

它看起来相当自信，不屑地对我们说："我全身都是坚硬的肌肉，刀枪不入。你们能战，就战一个试试！别到时候战败而逃。"

一听他这句话，我感觉体内似乎有什么开关被打开了。我微微一笑走上前，温柔地说道："真的吗？"

我留心观察着它，发现它整个身上只有一个地方是有弱点的。

安芜染却双手环胸，一点儿帮忙的意思都没有。

我只好假装不经意地围着牛头人慢慢地走着。他看我没有任何举动之后，眼神变得更加轻蔑了。我看到他放松的神色，快速踢出了右脚，狠狠踹在了他的身上。

顿时，牛头人冷哼起来，下一秒他的脸色变得铁青。他双手颤抖地指着

我，张了张嘴巴，巨大的身体跪在了我眼前。

哼，都说了是弱点，就不要保护得太过明显啊！恨不得全身只抹油的人，居然会在腰上捆一圈铁质的护腰，只要有点儿智商的人，都不会认为这只是个装饰品好吗？

"长肌肉的时候也分点儿营养在智商上面好吗？"虽然我说的话超级嚣张，但心里还是松了一口气。

幸好我没有猜错！

我慢慢地收回脚，眼神冰冷地盯着几乎要口吐白沫的牛头人。我打了个响指，说道："息九桐暮，赶紧将它绑起来，不要让它切腹自尽，也不要让它撞地而死！"

"收到！"息九桐暮严肃地做了个手势，手中拿着一捆麻绳，眼冒绿光地扑了上去。

"啊……"

一阵难听的叫声蔓延在四周，我忍不住捂住了耳朵："真是太难听了。"

安芃染走上前，对被五花大绑的牛头人说道："被你们抓去的男人被关在哪里？"

"哼，我是不会出卖战友的！"牛头人颇有牺牲精神地别过头，不肯说。

他居然敢这样对安芃染说话！

佩服之余，我还在心中给他点了支蜡烛。

"夏小鱼，快点儿感谢我吧！"安芃染一边说着，一边拿着不知从哪儿找来的狼牙棒，露出意味深长的微笑。

"啊？"我纳闷地看着他。

"托我的福，你们晚上会有一顿牛肉大餐吃。"巨大的狼牙棒应该超级重，但是在安芫染手中，似乎就跟纸糊的一样，他轻轻掂了一下，然后眯起眼睛，随手砸碎了旁边一块巨大的石头。

"我想吃牛排，还有牛骨炖汤，汤要那种乳白色的！"息九桐暮唯恐天下不乱地插嘴。

"不……不说就是不说……"牛头人尽管声音发抖，脸色惨白，但还是坚持不招供。

"那么……再见……"安芫染轻轻地说着，手中的狼牙棒抡成一个半圆，然后呼啸着向牛头人头上砸去。

心地善良的我不忍心看到如此残忍的景象，只能在狼牙棒落下的那一瞬间，紧闭上眼睛，顺便用手挡在了脸前。

"我说，我说！"牛头人在狼牙棒即将接触他脑门的一瞬间，哀号出声。

第一个音符刚出口，狼牙棒就定住了。

"哇——只差一毫米呢……"息九桐暮不怕死地冲了过去，凑近狼牙棒，超级夸张地喊着。

"被抓来的那个小子被关在魔王的房间里！"

牛头人在说出这句话之后，化成了一阵青烟，消散在空气中。

"啊——牛排和牛骨汤——"息九桐暮遗憾地说着。

"不——"魔王猪在听到牛头人这样说之后，发出一阵哀号。

"怎么了？"我奇怪地看着他。

　　"他们……他们居然……"魔王猪颤抖着嘴唇说道，"居然敢把一个男人放在我爱的小窝里。怎么可以让那个肮脏的躯体，睡在我定制的小鱼床单上面，抱小鱼抱枕？那是只有我才有的权利啊！"

　　我突然想起第一次看见那个全是我的照片的房间，不由得打了一个冷战。

　　"你真是够了！"我不爽地将他踩在了脚下。

　　"我觉得，他说的魔王，应该是现任魔王吧……"安芃染看着远方，淡淡地说。

　　现任魔王啊……

　　我深吸一口气，跟他看向同一个方向。

　　虽然现在很疲惫，但是，似乎离狐岛同学很近了呢……

　　夏小鱼，加油吧！

美型骑士团
星辰王女

第九章

不能沾染的骑士爱情

狐岛，你等着，我们马上就能把你救出来，你再等等就好了。

长长的走廊尽头是红色的大门，我们一步一步往前走着，走廊四周，是通往其他地方的路。

"这里怎么这么大啊？举办运动会都够了！"息九桐暮一边扶着墙壁走着，一边喘着气。

我也四处打量着。上次我和安芜染是从二楼阳台直接降落的，我想过，魔王的城堡会很大，但是没想到竟然会这么大。

四周没有人，也没有魔兽。走廊的墙上雕刻着红底黑色的花纹，而正前方的大门离我们越来越近。

走到近处，我才发现之前那门有多大。

抬起头都没办法看到尽头的大门，仿佛是巨人国才会有的产物，血红的门扉上面有黑色镶着金边的花纹，闪耀着若隐若现的咒文光晕，充斥着邪恶与神秘的力量。

"我们是有胜算的吧？"看着这扇门，我心里没有由来地不安起来。

"把语气词去掉。"安芜染淡淡地说道。

"有我伟大的魔王在，一定能成功的。小亲亲，我们一定会成功的！"魔王猪蹭着我，说道。在空旷的走廊里，他微小的声音回荡了很久。

"轻点儿！"我紧紧地闭上眼睛，以为这样就可以装作自己不存在。

"是你自己先说话的。就算引来可怕的怪物，那也是你的责任。不过你放心，我会处理的，毕竟狐岛也是我的朋友。"安芃染说道。

"就是啊，小鱼，虽然我也才做骑士不久，但是千万不要小看我，我也是很有本事的。"息九桐暮说着将手搭在我的肩膀上，十分亲密。

"不许这样对我的小亲亲！鱼儿小亲亲是我的未婚妻！"魔王小猪拼命地挣扎着，试图往息九桐暮的身上撞。

"你再吵今天救出狐岛之后我就把你宰掉剁成馅儿，你是想变成猪头大葱馅儿还是芹菜猪肉馅儿？"息九桐暮用两个手指将魔王猪拎了起来。

魔王猪挥舞着四只短小的蹄子奋力挣扎着，眼角带着晶莹的泪滴。

"疼！不许这样对本大王！小鱼亲亲，救我！"

"好了好了，别再欺负他了。息九桐暮，你是不是觉得欺负一只猪很有成就感啊！"我伸手接过魔王猪，轻声对息九桐暮说道。

"小鱼亲亲对我最好。"魔王猪一改刚刚可怜兮兮的样子，在我的胸前蹭来蹭去，看样子十分享受。

"好了好了，这里很危险，本来我们现在就处于下风，小猪你要乖乖听话。等打败新魔王，说不定你就可以变回原来的样子。所以你要乖乖的，知道了吗？"

　　我也不想再节外生枝，便认命地将小猪搂在怀中，轻轻地摸着它的头，安慰着。

　　"知道啦，我会变回帅哥，还要娶小鱼亲亲。"魔王猪在我的怀里可是一点儿都不安分，摇头晃脑的，有些得意忘形。

　　"再敢骚扰小鱼，信不信我现在就把你做成饺子馅儿！"息九桐暮看着一副忘形模样的魔王猪，愤愤地说道。

　　"够了！"我阻止了一人一猪幼稚的争吵。

　　这个两个智商不及格的家伙在一起，如果不是立场不一样，我敢肯定他们一定会成为相见恨晚的好朋友。

　　"你们三个的脑子是不是都被猪传染了！"安芜染冷冷的声音传来。

　　我抬头望去，果然，安芜染的脸已经像三九天那么寒冷了。

　　为什么是三个啊？我明明是在劝架，为什么把我也算在里面！

　　"关你什么事！"魔王猪却毫不在意地说道。

　　安芜染没有说话，只是离我越来越近。

　　我知道，这次他身上的怒气不是针对我的，而是针对我怀里的魔王猪的。

　　"安芜染，现在最重要的是马上把狐岛救出来，所以咱们就不要在这些细枝末节的事情上面争执了。还没有和别人战斗，自己人先打起来了，这样不好！"我低声说道。

　　其实我也知道，我们这番骚动应该已经引来一些注意了。现在的我之所以会低声说话，是因为安芜染的气场实在是可怕。始作俑者魔王猪已经藏在我的

腋窝下，死活不肯出来。要不是时不时传来小猪喘气的声音，我还真的以为它被闷死了。

安芃染盯着小猪看了看，又面无表情地看了看息九桐暮，然后视线停留在我的身上，最后他一个转身，走到了队伍的最前方。

我看着安芃染慢慢走远的身影，心中一阵不自在涌上来。

果然我还是不够成熟……

"都是因为你！"息九桐暮伸出手狠狠地在魔王猪粉嫩的屁股上打了一巴掌，然后也走上前去。

"小鱼亲亲，为什么他们都要打我？"魔王猪抬起头，泪眼婆娑地看着我，声音也比刚刚小了很多。

"因为你该打，因为你不乖！"

安芃染在前面带路，息九桐暮一开始本来在前面走，没走几步就落到了我的后面。我知道，他是在殿后，以便保护我。

就在这时，前方传来一阵十分凶狠的吼叫声，听起来就让人想要后退，更别说往前走。

"刻耳柏洛斯！"安芃染低声说道。

"什么？"息九桐暮正倒退着走，听到安芃染嘀嘀咕咕，便转过身问道。

"三头狗。"安芃染停住脚步，我也跟着停下了脚步。

"没想到竟然是冥界的守护者看守大门，看来这门后的东西还真的是很重要啊！"安芃染淡淡地说道。

第九章

不
能
沾
染
的
骑
士
爱
情

"当然重要了，那可是狐岛。难道你不想把狐岛救出来吗？"我对安芄染说道。

"我说的不是这个意思。狐岛自然是重要的，但也只是对我们重要吧。这个新魔王把狐岛虐待得这么惨，如果真的是恨狐岛，应该将狐岛关在监牢里面吧。这里是新魔王的卧室，可以说是对她最重要的地方，你会让一个你恨之入骨的人住在你的卧室吗？"安芄染摆出一副"你很白痴"的样子看着我，说道。

我抱着魔王猪，听着安芄染的分析，心中也在打鼓。

狐岛可是我们之中最稳妥的一个，就算是安芄染，也只是我的同龄人，再有能力，阅历也有限。可是狐岛不一样，虽然狐岛永远都是小男孩的样子，但是我们几个加起来都没有他的阅历多。

也许有些我们不知道的事情吧……

"别想太多，你脑子不好使，想太多会头痛的。"就在我努力想象狐岛悲惨的往事时，安芄染开口打断了我的思绪。

为什么他一副已经知道我在想什么的表情啊！

"我说过，你的心思其实是很好猜的。别想这么多了，我们只是来救回狐岛，只要带回狐岛，我们的任务就完成了一大半，这样就算是和魔王战斗也不会有顾忌了。"安芄染继续说道。

"我知道了！"我郁闷地说道。

"吼吼……"

我们这边安静下来，那边的声音才真正传入我的耳朵。

就像安芫染说的，三头狗是守护冥界的，所以，发出这种声音其实也是很正常的。

我无法形容这是一种什么样的声音，只觉得十分恐怖，与地狱那样的地方也是十分贴合的。

"大家都要小心。息九桐暮，注意后面。"安芫染吩咐道。

对于一个比较无能的星光守护使而言，我的骑士里面有一个冷静靠谱的真是一件令人感动的事情。

我抱着魔王猪，小心翼翼地跟在安芫染的身后。此时我怀中的魔王猪也没有刚刚那么聒噪了，也许它也感受到了不一样的气氛。

"当心……"魔王猪小声哼哼道。

转过一跳走廊，三头狗出现在我们的面前。我脚下一乱，如果不是息九桐暮在我身后，也许我就真的瘫坐在地上了。

"小鱼，小心，其实也没有那么恐怖。"息九桐暮小声说道。

我诧异地看着息九桐暮。没有那么恐怖？我夏小鱼长这么大就没有见过这么恐怖的怪物！

在我的心中，狗狗一直都是十分可爱的，但是眼前的三头狗，当我看了一眼后，真的不想再继续看下去。

正如它的名字，的确是一只长着三个头的怪物。可是这个怪物的身体不像我见过的狗狗那么可爱，它身上没有毛，光溜溜的。它的身躯十分高大。

此时三个狗头正张大了嘴巴嘶吼着，嘴角滴着墨绿色的液体，那液体滴落在地上，腾起一阵青烟。

"当心，唾液有毒！"安芄染说道。

我听了安芄染的话，十分难得地没有跟他顶嘴，因为我还在因为三头狗的奇异模样震惊。

当然不是惊艳，是惊吓。

"我……"

我回头看着息九桐暮。

真的好可怕，现在退出可以吗？或者说我站在走廊拐弯的地方看着，为他们加油助威……

息九桐暮的脸色也不是很好看，苍白中泛着青色，牙齿紧紧地咬着下嘴唇。这可是我一直以为天不怕地不怕的息九桐暮啊，竟然也会被吓成这样！

"既然来了，就一定要成功救出狐岛！这算什么！不就是三头狗吗？正好我也要换一个发型，就换一个三头狗那样的发型好了！"息九桐暮哆嗦着将我护在了他的身后。

我转过头又看了看三头狗，再看了看已经抽出宝剑的安芄染，突然间觉得安芄染帅气了很多，也没有那么讨厌了。

我想到了狐岛可爱的小脸，又想到他后来遍体鳞伤被带走的样子。

是啊，就像息九桐暮说的，这算什么？我夏小鱼连参考书上最难的题目都不怕，还会怕一只三头狗？

我不怕！

"安……安芃染！"我壮着胆子喊了一声。

"什么事？"安芃染皱着眉头看着我说道。

"我……"

不知道为什么，只要是和安芃染说话，我的声音就会发抖，也许是一直以来，安芃染都给了我很大压力的原因吧。

可是……

我低头深深地吸了一口气，然后抬头对安芃染说道："我有办法。我带着小猪进去，你帮我引开三头狗，你……你们两个可以一人走一边，让它没有精力注意我！"

看着安芃染依然没有温度的眼神，我有些怯懦。可是这次我不想再后退，就算是安芃染用这个世界上最恶毒的话语讽刺我，我也不想后退。狐岛对我很好，他是我的骑士。我是星光守护使，就算三头狗长得再恶心，我也应该抬起头勇敢地闯过这个难关！

安芃染慢慢地往我这边走，脚步踩在地板上，发出闷闷的声音，节奏一下下地落在我的心上，就像是倒计时，让我喘不过气。我艰难地咽了口口水，继续看着安芃染。

就在我们两个距离只有半米远的时候，安芃染伸出了手。

我连忙闭上眼睛。

来了，终于来了！这次不是恶毒的话语，而是变成毒打了吗？他会不会把

我扔给三头狗当狗粮？

头顶温柔的触感让我不敢相信，我慢慢地睁开眼睛，小心翼翼地抬起头，愣愣地看着安芃染。

我不是在做梦！

安芃染在摸我的头发，而且是很温柔很温柔的那种！

太阳从西边出来了吗？天上下红雨了吗？新魔王举着小白旗投降了吗？

"这是个好办法。安芃染，你的速度很快，这样可以争取很多时间。我走另外一边，只要小鱼能进门就安全了！"息九桐暮走上前说道。

"去吧！去做一个星光守护使应该做的事情！我会守护你！"安芃染柔声说道。没有嘲讽语气的声音听起来竟然十分好听。

"小鱼，勇敢一些，我会帮你的！"息九桐暮也在一旁说道。

"还有我，我也会帮你的。"魔王猪在我的怀里轻声而坚定地说道。如果猪蹄可以握成拳头，我想现在魔王猪一定会做握拳的动作。

"狗狗爱玩投球，关键时刻你可以把你怀里的这只猪扔出去，这样就可以吸引三头狗的注意力了。"息九桐暮摸着魔王猪的头说道。

"讨厌，人家不要！"魔王猪挣扎着。

我轻轻地拍了魔王猪一下，示意它安静，可是我自己却安静不下来。自从认识安芃染，他从来没有对我这么温柔过，从来都是招之即来，呼之则去的，每次我们两个人之间一定会发生一些不愉快的事情。

但是这次安芃染的行为打动了我，也许他真的承认我是星光守护使了。

这种感觉，真的很好，比解决了一道难题都要舒服。

既然安芄染这么说了，我就一定要做出成绩，像星光守护使那样去战斗！

安芄染、我、息九桐暮并排站着。

三头狗叫得更凶了。

没有退路，机会只有一次！

"我数一二三，然后我们分头行动。小鱼，你一定要看准机会！"安芄染
说道。

"我知道！"我抱着魔王猪，轻声说道。

"一！"

"二！"

"三！"

"三"刚说出口，安芄染便已经不见了踪影，而另外一边的息九桐暮也扛
着他巨大的手枪冲了上去。

这时候一道银色的弧线一会儿掠过三头狗的头顶，一会儿又闪到一边。三
头狗不再看我，而是看着那道银色的弧线。

我知道，那是安芄染，他正在用最快的速度扰乱三头狗的视线。

另外一边，息九桐暮拿着巨大的手枪，一会儿跑到东边，一会儿又跑到西
边，不一会儿已经开了好几枪。

三头狗一时之间乱了方寸。

就是这个时候！

就在三头狗分身乏术时，我抱着小猪，几个跳跃以最快的速度跑到门前，然后快速打开门，闪了进去。

我紧紧地将门关上，然后长长地舒了一口气。

"总算是有惊无险！"就这么一会儿工夫，我的头上已经冒出了汗水。这种事情真不是人做的！

"哼唧！"魔王猪从我的身上跳下去，然后也开始大口喘气。看来他也吓坏了。

不对，现在不是休息的时候，我是来找狐岛的！

"狐岛，我是夏小鱼，你在哪里？"

新魔王的卧室和卡巴魔王的卧室差不多大，但是比卡巴魔王的卧室要简单很多，只有一个衣柜、一张床，还有一张沙发。

卧室的窗帘拉开了大部分，阳光透过窗户落在床上。昏黄的灯光头投射下来，衬得这里有些恐怖。

床上躺着一个人。

等等，人！

我再次打量，的确是一个人。

确切地说，是一个长得十分好看的男子。

修长纤细的身躯上只盖着薄薄的白色床单，精致的脸显得有些苍白。此时他正用湖水般深邃的目光看着我，嘴唇有些干裂，嘴角还有一丝可疑的红色，像是血迹。

"你是谁？你认不认识一个叫狐岛的可爱男孩？"我情不自禁地走上前去，细细地、贪婪地打量着他。

真像一件完美的艺术品。不是安芃染的冷漠，更不是变成骑士的息九桐暮的帅气，他的身上有一种气质吸引着我，让我觉得，和他在一起，会很温暖。

床上的男子微微勾起嘴角，而后轻声说道："小鱼，我是狐岛……咳咳……你终于像个真正的星光守护使了。你很勇敢！"

什么？

我被这个讯息惊呆了！

我想如果安芃染和息九桐暮听到这话，也一定会惊呆的！

"你在开玩笑！"

不可能，我心中的狐岛是一个可爱的男孩子啊，怎么会这么成熟？

"你也是知道的，其实我有300岁，这才是我真正的样子。小鱼，我可以说出我们两个从相遇到你成为星光守护使之后的所有事情。你的奶奶，上一任的星光守护使，我也是很熟悉的。你最喜欢看参考书，你认定的最大的敌人是安芃染，因为他抢了你最引以为傲的全校第一的宝座，你最大的愿望就是打败他重新夺回全校第一，你……"

"我相信了，我相信了！你现在看起来很虚弱，我帮你解开镣铐。我这就带你走，安芃染和息九桐暮都在外面。我们现在先把你送到安全的地方，然后再回来给你报仇。"

"不！"也许是刚刚说的话太多，此时狐岛显得很虚弱，只说了一个字都

费了很大的力气。

"你在说什么傻话！你被魔王这么折磨，一定受了很重的伤，我们去找奶奶，奶奶一定会有办法的。就算我们今天不能打败魔王，但是我们还可以回来的。现在最关键的是你要养伤，恢复健康！"我边说边用权杖敲打着狐岛脚上的镣铐。

"小鱼，你不懂！咳咳……"狐岛奋力挣扎着，就是不让我动他脚上的镣铐。

"狐岛，你的脑子是不是烧坏了？你现在很危险，知不知道？我们现在都很危险。现在你最重要的是养伤！看来你的脑子是真的烧糊涂了！"我说着便想用已经变成利刃的权杖将镣铐上的锁链砍断。

"小鱼，听我的，你们走吧，这里的事情和你们没有关系，你们赶紧走！"狐岛继续说，声音却越来越虚弱。

"要走一起走！"

"你们谁也走不了！"就在我们两人争执的时候，一个阴森的女声说道。

"谁！"我停下手中的动作，四处看了看，没有任何动静。

"不好，小鱼，你快走，快走！"

如果是平时，也许我真的会被狐岛推搡出门，可是今天狐岛被铐在床上，四肢不能动，声音再大也不管用。

"晚了。怎么？樱寻狐岛，好朋友来探望你，你就这么着急让她走？我还想招待一下她呢！"

随着声音的再次响起，我发现自己对面的墙壁有些不对劲。因为我站在窗户前面，阳光落在我的身上，在墙壁上投下长长的影子，可是辞了我根本没有动，我的影子却一直在动。确切地说，是影子上出现了一个旋涡。

我惊恐地躲到了窗帘后面，只露出一个脑袋。

旋涡越来越大，然后一个熟悉的身影出现在了我的面前。

是那个新魔王！

"伊苏，你不要再错下去了！你清醒一些，看看窗外的阳光，难道你就一点儿都记不起曾经的事情了吗？"

镣铐的声音急促地响了起来，狐岛正在奋力地挣扎着，可是现在我却一点儿儿忙都帮不上。

此时那个新魔王正站在狐岛的床边，她似乎对狐岛更感兴趣！

"我讨厌阳光！如果不是为了给你一些温暖让你的伤快些好，我才不会留下这道窗帘缝隙！"新魔王说道。

"既然你会救我，会为我留下阳光，这就说明你的心中还有良善的。伊苏，不要再被邪恶控制了，你是最善良的！"

"你胡说，我是邪恶的化身，我是黑暗之王！"新魔王声嘶力竭地说道。

"然而你不是。难道你忘记了吗？你是第一任星光守护使啊！"

"我才不是什么星光守护使，光明的世界从来都是让我嫉妒的，所以我要毁掉一切！"

什么？第一任星光守护使？

我皱着眉头继续看着。

因为新魔王一直都是模糊的样子，所以我看不清楚。原来一切黑暗的东西都会成为新魔王的力量，难怪她会从我的影子里面出来呢。

此时新魔王已经从一个模糊的身影慢慢变得清晰，这会儿她已经不是当初我们第一次战斗时穿紧身衣、戴头盔的样子，而是一身我十分熟悉的装扮。

不对！

为什么这个新魔王和奶奶年轻的时候那么像？

难怪我总觉得像是在哪里见过似的。是的，是前段时间看到的奶奶年轻时照片上的样子。

"伊苏，你不能再错下去了，你知不知道！"狐岛用哀求的声音说道。

但是新魔王依然不为所动。

"你真的好烦。本来我想等你养好伤再慢慢地折磨你，没想到你却这么不识抬举！"新魔王说着，举起了手中的权杖指向狐岛。

那权杖竟然和我手中的权杖几乎一样。

只是新魔王手中的权杖是黑色的！

"啊！"

就在这时，新魔王倒在了地上，发出了凄厉的喊叫声。

"狐岛……"

"伊苏，你醒了！"

我看到狐岛十分兴奋，像是遇到了天大的喜事。可是我现在脑子里面迷糊

糊的，为什么此时新魔王和刚才不一样了？

狐岛身上的镣铐不停响着，我趁着这个时候冲出去，挥起手中的利刃朝镣铐狠狠砍下去。

很快，镣铐应声而断，狐岛自由了！

"啊！"黑色的权杖掉在地上，新魔王捂着头，凄厉地喊着。

"我要杀光所有的人！我才是黑暗之主！"

"伊苏，你醒醒，你是星光守护使！放弃黑暗的力量吧，这力量已经在你身上存在一百多年了，你不能再错下去了。如果不能战胜黑暗，你就要永远都与黑暗为伍。我知道你不想的。如果你是心甘情愿当黑暗的奴隶，现在就不会这么痛苦。伊苏，看着我，你可以战胜黑暗的！"

就在这时，新魔王将狐岛推开，然后艰难地拿起黑色权杖站起身。

"奴隶？呵呵，你竟然用这样肮脏的词语侮辱我！我不是黑暗的奴隶，我是黑暗的主人。看来我还是对你太好了。受死吧！"

"不要！"我大喊一声，冲到了狐岛的面前。狐岛已经受伤了，我不能再让他受到任何伤害！

"让开！"新魔王说着便举起权杖。

"哼唧！"就在这时，上空飞来一个粉色的物体。电光石火间，新魔王的权杖被粉红色的物体撞掉了。

"岂有此理！"没有了黑色权杖，新魔王更加歇斯底里了。但也正是因为失去了理智，现在新魔王就像个疯子似的，无法施展魔力。

我奋力地拉着狐岛。

但是狐岛还不断地往前凑，嘴里不断地说着："伊苏，你清醒一些，你清醒一些！"

"如果她能清醒还用你说这些吗？"我使出浑身的力气将狐岛往后拉。

"卡巴，你在哪里啊？用得着你的时候，你怎么又玩消失啊！"我一边用手抱着狐岛，一边用眼睛四处搜寻，嘴里大声喊道。

"哼唧，哼唧！"

就在这时，一阵耀眼的光芒刺向我的眼睛，我伸手遮挡，狐岛却因为我松开手而向前面倒去。

一切都发生在一瞬间，我没有办法去顾及所有，不过现在看来，已经没有什么情况是比这些更糟糕了。

"到底发生了什么？"狐岛趴在地上，茫然地问道。

很显然，他也没有准备好。

至于新魔王，现在已经处于呆傻状态。

当然，现在对于我来说一切都是未知数。虽然说新魔王暂时没有攻击力，可是刚刚那道白光到底是什么原因引起的，我们谁都不知道。

就在我们还没有回过神来时，一个让我觉得十分熟悉的声音响了起来。

"歌颂黑暗吧，伟大的卡巴斯基·塞巴斯蒂安·安塞思·卡瓦卡瓦·诺娜里·瓦尔撒·拉丁大王终于复活了。黑暗力量，快快膜拜在本大王的西装裤下吧！"

一个修长的身影出现在我的面前，却发出欠揍的声音！

谁能告诉我到底发生了什么？

卡巴魔王就像一只花蝴蝶似的飞奔到窗户旁，然后将窗帘拉开，把窗子打开，双手做成喇叭状，大声喊道："你好，太阳！我回来啦！"

"狐岛，狐岛，快走啊！"

既然卡巴已经回来了，那现在就让卡巴来解决这个新魔王吧，最好是两败俱伤，我只要将狐岛带走就好了！

"感谢你，秘宝钻石，谢谢你将我失去了很久的完美的躯壳找回来！"卡巴伸了一个大大的懒腰。

不得不说，在阳光下，他还真是帅气！

"呵呵呵，你们以为用这种拙劣的方法就可以打败我吗？难道说你们以为我就是靠着那所谓的权杖活着的？"

"卡巴，快回来！"我大声喊道。

"人家在这里呢，亲亲小鱼，给我一个热情的亲吻吧！"卡巴说着便噘着嘴跑到我面前，但是下一步就被我用权杖变成的大锤子打倒了。

"犯花痴看看时间好不好！"我愤愤地说道，真是从来没见过这么不着调的魔王。

"小鱼亲亲说了看时间哟，也就是说以后人家可以对你犯花痴，是吧，小鱼亲亲？人家就知道你最好了。"卡巴魔王没有起身，反而捂着脸在地上打起滚儿来。

"再不起身就变成小猪！"我大声喊道。

声音刚落下，我就觉得眼前一阵凉风拂过，然后卡巴站到了我的面前。

"帮我扶着狐岛！"我愤愤地说道。

"愿意为小鱼亲亲效劳！"卡巴跑过去将狐岛扶起来。

卡巴变回人形也是一件好事，这样也就有人帮我看着狐岛了。

"你的末日到了！我不管你是魔王还是个冒牌货，总之你的行为已经深深地破坏了世界的和平，所以我要对你进行制裁！"我郑重地用权杖指着新魔王，说道。

"小鱼亲亲好霸气，人家好喜欢！"卡巴在一旁捂着脸说道。

"呵呵，就凭你这个半吊子？既然你们自己找上门来，就别怪我心狠手辣！"新魔王说着便做出一个复杂的手势。

"伊苏，不要再错下去了！"狐岛大声喊道。

"没有什么对不对错不错的，我很清楚自己在做什么。我是黑暗的主宰，我最讨厌的就是你们这群所谓的光明使者的嘴脸！"

新魔王的声音落下，然后一个复杂的咒语从她的嘴里冒了出来。

"不要！"狐岛凄厉地喊道。

"我该怎么办？"虽然我不知道新魔王做的那个手势还有嘴里现在正念着的那个咒语是什么意思，但是我知道现在的情况很危急，凭我一个人的力量是绝对不能打败新魔王的！

"小鱼亲亲和我私奔吧！"卡巴大声喊道。

"砰"的一声，大门被撞开了，安芃染和息九桐暮出现在我的面前。

"不好，黑暗魔咒！小鱼，用冰封！"安芃染说完，就和身上被鲜血染红一大片的息九桐暮交换了一个眼神，然后两人走到我的身边。

"狐岛，你应该明白，只有你的呼唤是没有用的，即使带着十分深的感情也是无济于事的！"安芃染对狐岛说道。

"那我能怎么做？难道眼睁睁地看着她一步步走向黑暗？"狐岛大声喊道。

"我不知道，但是我知道，如果现在你不加入队伍，所有的人都得死！"安芃染用更大的声音说道。

"安芃染，我该怎么做？"我看了看四周，卡巴像个傻子似的来来回回地踱步，息九桐暮则站在卧室的一面镜子前照镜子，双手不断地摆弄着头发。

至于狐岛，这是我第一次看到他和安芃染吵架。在我的印象中，狐岛是最温柔的，是绝对不会做出这样冲动的事情的。

而新魔王依然在一旁做着复杂的手势，嘴里依然念着咒语。

这好像并不是在战斗，就像是一场荒诞的闹剧，每个人都在做自己的事情。

"小鱼，用冰封！"安芃染说完，就开始掐诀念咒。

"冰封？"我心中念着。

就在这时，安芃染与息九桐暮单膝跪在我的面前，狐岛也顺从地跪下。

"零度，冰水混合物，零下，冰封！"我挥舞着权杖。

四周，安芄染、息九桐暮、狐岛，还有卡巴四人身上都散发出耀眼的光芒，光芒形成四道光柱，汇聚在我的权杖上。

嘴里说出的话，像是有了生命，随着汇聚在星光权杖上的光柱，一起打向了新魔王。

安静，仿佛时间已经停止。当我将权杖落下，只见刚刚还在掐诀念咒的新魔王已经变成了冰柱，一动不动。

周围的一切，发生了微妙的变化。

天更蓝了，空气中也少了邪恶的气息，血腥、暴力，这一切仿佛从来没有发生过，一切的一切都充满着幸福、快乐。

"汪汪……"

我低头望去，是三只一模一样的、十分可爱的小狗。

"哇，好可爱！"我捂着脸看着蹭着我小腿的三只小狗，心也跟着一点点融化了。

"这是魔法的作用、现在，始作俑者已经不能作恶了，所以一切都恢复了原状。这里本来就不是邪恶的地方，只是生活着一群不着调的被称为魔的生物。"安芄染说道。

"那小狗也是魔物啊？如果魔物也这么可爱的话，我是十分喜欢的！"我蹲下抱起三只小狗，真的是太可爱了！

"小鱼亲亲，人家也很可爱的，抱抱人家……"卡巴走到我的面前，离得近的时候又有些不好意思起来，扭捏着，像个情窦初开的姑娘。

"你不可爱！"我低下头继续看小狗，一个大男生竟然做那么扭捏的动作，一点儿都不可爱。

"讨厌啦，竟然说人家不可爱，人家要毁灭世界！"卡巴没有纠缠，却挥手凝结了一个红色的光球准备朝新魔王的方向丢过去。

"你做什么？"狐岛大喊道。

"当然是拯救世界啦！"卡巴一副"你好讨厌、好无理取闹的样子"看着狐岛，说道。

"不可以！"狐岛伸出手，将新魔王护在身后。

"可是如果冰块融化，她还是会作恶的。所以，为了世界和平，我必须毁灭她！"

卡巴说的话引起了我的注意，我抬头望去，只见卡巴表情狰狞，手上的光球也越来越大。

"住手！你这样会伤害狐岛的！"息九桐暮喊道。

"不自量力！"卡巴魔王轻挑嘴角，手中动作依然没有停。

我放下小狗，上前抓住卡巴的手腕，狠狠地往后一甩，说道："你闹够了没有？"

卡巴阴森森地回头，然后在下一秒用双手捂住脸，扭动身体说道："哎呀，小鱼亲亲摸人家了！你要对人家负责啊！"

安芫染没有理胡闹的卡巴，只是看着狐岛。

我能感觉得到，狐岛很痛苦。

　　"你为什么不跟我走？现在又阻止卡巴消灭她！狐岛，你不是这样的？"我走上前，对狐岛说道。

　　"不，我本来就是这样的。如果不是我，也不会发生这些事情。"狐岛转过身，贪婪地看着被冰封的新魔王。

　　"她叫伊苏。"狐岛温柔地说道，然后为我们讲述了一个很古老的真实的故事。

　　在很久很久以前，有一个很美丽的城市。而这个城市，有一位十分美丽的守护使，她就是星光守护使。没有人知道她的过去，只知道，她是为这座城市而生的，一生都是奉献给这座城市的。

　　人民在星光守护使的庇护下，幸福快乐地生活着。

　　一切都是那么的美好。

　　然而，星光守护使的身上有一个禁忌，那就是不能有爱情。

　　可爱情是那么美好的东西，而星光守护使又那么年轻，她爱上了自己的骑士长——樱寻狐岛。

　　一切都来得那么突然，当两个人陷入爱情的时候，魔界之门打开了，也就是从那个时候开始，魔界的人可以自由出入人类世界。

　　狐岛也喜欢着星光守护使，但是不愿意让所有人都遭受魔物的攻击，所以便假意说自己爱上了别人，然后离开了守护使。伤心欲绝的守护使在战斗中因

为骑士长的缺席，与敌人齐齐坠入黑暗。

为了弥补自己的过错，狐岛给自己下了永生之咒，成为了永远的骑士长辅佐之后的守护使后裔，与自魔界之门而来的魔物们战斗。

我静静地听着，心中酸涩。而在这个时候，狐岛趁着我们不注意，将封住新魔王，不，是伊苏的冰融化了。

伊苏瘫软在地，冷冷地看着狐岛。

"伊苏，你还好吗？"狐岛关心地问道。

"呵呵，你说的我都听到了，你真是说得比唱得好听。我恨你，如果不是因为当初你离开，我也不会被黑暗污染成现在的样子，我更恨不准我恋爱的人类，明明我守护了他们那么久，就因为我恋爱会导致力量削弱，他们就制定出无数规则来束缚我……"

"这么说你还有理了！"卡巴上前说道。

"你是什么东西，也敢教训我？"伊苏说道。

"卡巴是黑暗的魔王，你凭什么这么说他？"这时候房间里面出现了几个长得奇形怪状的人，他们都用手中的武器对着伊苏。

"你这个冒牌货，你是星光守护使，但就因为你堕入黑暗才将我们污染。"

"她是无心的！她只是被黑暗力量扭曲了心灵才会这样，她之前是这个世界上最善良的人啊，难道你们忘记了吗？"狐岛痛苦地说道。

看着狐岛痛苦的样子，我的心中十分难受。我不想狐岛变得这样不理智，

但伊苏犯了错误也是事实……

想到这里，我鼻子一酸，眼泪止不住地掉了下来。

就在我左右为难的时候，卡巴用十分正经，连我都不敢相信的声音说道："你说让我们放过她，可以，你把她身上的黑暗力量清除，我就饶过她！"

"我答应你！希望你能遵守承诺！"狐岛看着卡巴，坚定地说道。

"狐岛。"我希望狐岛再听一句劝，但是当我想再和狐岛说话的时候，狐岛已经拥住了伊苏，身体也开始变得虚幻。

"不好！"安芫染大喊着往上冲，但是已经化作白光的狐岛周身有着强大的结界，安芫染被反弹了回来。

"安芫染，到底是怎么回事？"我扶住安芫染问道。

"这是古老的禁咒，狐岛会有危险的！"

"狐岛，你快出来！"

没有人能阻止狐岛，我们只能眼睁睁地看着悲剧在眼前发生。

时间一分一秒地过去，当白光散去的时候，伊苏像是变了个样子，而狐岛已经变成了半透明状。

"狐岛！你为什么这么傻？"伊苏似乎已经恢复了本性，她抱住狐岛，泪水止不住地流了下来。

"对不起，我不应该在关键时刻离开你。"

"我回来了，以后我们都不会分开了。"

"呵呵，伊苏，你要好好的！"狐岛半透明的身体渐渐变成了小颗粒，飞

散在空气中，而伊苏手中只剩下一颗水晶和一枚骑士徽章。

"狐岛！"伊苏大声哭了起来。

我的脸上也满是泪水。

一切都结束了，可是……狐岛，你为什么就这么残忍？

手掌传来微热的触感，我转头望去，是安芫染握住了我的手。

他冲着我微微一笑，我心中了然。

"呵呵，不要太高兴了！"

就在我觉得心中的空缺被填补的时候，听到心中有个声音响起。

"伊苏？"

"我走了，我要帮狐岛恢复生命，我要去寻找传说中已经消失的青丘之国复活狐岛。人类世界就交给你来守护了。但是你要记住，绝对不要爱上骑士。星光守护使得到力量的条件就是永远不能真正地爱上任何一个人，不然悲剧就会发生！"

"我怎么会爱上别人呢？"

"那现在你和谁牵着手？"

"啊，不对！这，这只是朋友之间的安慰而已，而且我们是宿敌！你别乱想！"我连忙松开跟安芫染交握的手，红着脸解释道。

伊苏没有再说话，我的脑海中却不由自主地浮现出一个场景，我跟安芫染并肩漫步在月光下……

打住，打住！夏小鱼，你别乱想了。

伊苏微笑地看着我，眼中带着似乎看透了什么的意味，然后便决然地离开了。

"傻瓜，你又发什么呆？"

"啊？"

我抬起头，只见安芃染一脸不解地看着我。

"啊，没，我没有发呆！我，我只是在想一些事情……"

脑海里花前月下的画面中的男主角突然凑到我面前，我感觉心狠狠地跳动了一下。

"想什么事情脸那么红？说吧，你是不是背着我偷偷做了什么？"安芃染的目光带上了一丝狐疑的神色。

"才没有！反正我想的事情跟你没有关系！"我有些心虚气短。

"跟我没关系？哼，那就别想了，再想一万年，你这个书呆子也想不清楚的！"安芃染淡淡地扫了我一眼，就扭头转身率先走出了魔王的卧室。

哎呀，这家伙！到底知不知道他是我的守护骑士啊！

我在心里吐槽，挥了挥手，想驱散脸颊上的热度，不料一抬头就看到了前方那个笔挺俊逸的身影，心又不受控制地怦怦狂跳起来……

一些故事结束了，而另外的故事篇章，又掀开了崭新的一页……

记忆馆 PK 扶花苑，出租啦！

有个地方叫迷迭香记忆馆，它乃一家出售、寄卖回忆的神秘之所，这里有冷漠帅气的馆主、甜美可爱的店员、妖孽毒舌的"网红"、温柔多情的白领……

有个地方叫扶花苑，常年花开，四季如春，千年镇宅脊兽四面守护，这里有款式多样、性格各异的美少年、也有热辣俏皮的武馆少女……

记忆馆和扶花苑，美景、美食、美少年、美少女，应有尽有，那么问题来了，现在两家都有房出租，谁家更容易租出去呢？现在，让我们来进行PK吧！

☆居住环境PK

记忆馆主打元素——文艺小店

迷迭花香，橘黄色光芒，小资情调装修风格，印象派油画，欧式实木沙发，迷迭香雕花。梦幻的美，缓慢蓝调音乐，轻盈而优雅。

扶花苑主打元素——古风小院

汉风园林会馆式建筑，红墙黛瓦，古色古香，屋顶上排列各种脊兽。清晨细雨，淡薄阳光，蝴蝶在花苑内飞舞，空气舒适且清新。

☆人文环境PK

记忆馆

馆长：周稷　　桃花眼，天生便比别人多一分风流，不爱笑
店员：夏云梦　甜美可爱

扶花苑

苑主：花慕晴　喜欢种花，会擒拿术，拥有甜甜的笑容和甜甜的声音
守护者：慕安　脊兽龙太子，天真无邪，貌美如"画"

另外，住在记忆馆内的顾客，可享受售卖、存寄记忆的服务；住在扶花苑的顾客，可享受由守护者脊兽慕安带领顾客去脊兽世界一日游的服务。两家的房子都属于高端品质房源，房间有限，名额有限！先到先得！

绝世美男团的"男子力"角逐大赛

绝世美男团强势来袭
独家上演的
"男子力"角逐大赛
现在开始！

选手1号·骑士范

姓名：安芃染

代表作：松小果 《美型骑士团·星辰王女》

制服宣言：美型骑士前来觐见，星空闪耀下的骑士精神是我最大的信仰。

内容简介：

"学霸"夏小鱼最大的爱好是看参考书；最喜欢的游戏就是做参考题。

可是谁来告诉她，为什么她突然得继任什么星空守护使，还要负责守护星空城的和平？这简直是在浪费她做题的时间！

还没等她反应过来，星空守护三骑士绚丽现身——

永远欺压在她头上的全校第一天才美少年安芃染说话刻薄就算了，还敢嫌弃新任守护使？

天使般的可爱"正太"樱寻狐岛竟然足足有三百岁，结果莫名其妙地被抓走？

拥有奇特思维的"酷炫"系不良少年息九桐暮姗姗来迟，怎么是"吃货""话唠"？

呜呜呜，为什么解除骑士魔咒的办法是星空守护使的祝福初吻？

"学霸"少女的日常生活完全混乱啦！

选手2号 · 科研范

姓名： 北祁一

代表作： 艾可乐 "星座公寓" 系列《绝版双子座拍档》

制服宣言： 进击吧，双子怪君，你可是穿白大褂最好看的科学家！

内容简介：

名门大小姐项甜甜来到爱丽丝学院后，一心想摆脱社交障碍，交到朋友，却无意中成为桔梗公寓怪异美少年北祁一最配合的实验伙伴。

蟑螂的绝地反击、疯狂太空舱考验，呜呜呜……实验过程真的好痛苦！但是为了维持和北祁一之间珍贵的友情，项甜甜告诉自己一定要忍耐、忍耐、再忍耐！

友情持续发酵，逐渐散发出了恋爱的香甜气息，项甜甜快要沦陷了。

可是，就在她被北祁一的温柔打动，准备告白的时候，才知道北祁一竟然一直在欺骗她，他根本就不想和她做朋友，而只是……

北祁一！准备接受真心的惩罚吧！

两大占卜高手测算"不幸"预言，

鬼才双子对决内向摩羯，最不搭配星座"囧萌"相遇，将带你领略爆笑巅峰的浪漫恋情。

选手3号 · 王子范

姓名： 阿普杜拉·斯坦尼·诺夫拉斯

代表作： 艾可乐《我家王子美如画》

制服宣言： 除了我这种真正的王子，还有谁能穿出这种王子范！

内容简介：

存在感微弱的"透明"少女苏苹果，某天竟然从樱花许愿树下"挖"出了一名貌美如"画"的王子殿下！

哈哈，难道是她撞上绝世大好运了吗？

不不，樱花王子只有颜值，智商却严重"掉线"，"撩"妹不自知，送礼送心跳……

苏苹果都后悔答应帮他完成秘密任务了！

可狡猾如狐的路易王子、傲慢的贵族少女阿尼娜来势汹汹！

一个爱算计人心，一个对王子虎视眈眈，透明少女能勇敢逆袭，为她家的"蠢萌"王子抵挡住强敌吗？

奢华美色，暖心拥抱，满分微笑，浪漫甜吻——

让艾可乐带你玩转现代宫廷恋爱！

选手四号 · 明星范

姓名： 时洛

代表作： 茶茶《心跳薄荷之夏》

制服宣言： 拥有明星衣橱和演员的自我修养，各种范应有尽有！

内容简介：

长跑是慕小满的特长，她失去了……

孤儿院是慕小满充满回忆的地方，也很快要消失了……

元气少女慕小满，为了获得拯救孤儿院的资金，忐忑地跟坏脾气的大明星时洛签下百万真人秀合约，却在与时洛的相处过程中，在这个颜值什么都没有的大明星身上感受到被守护的感觉，慕小满慢慢沦陷。

可是，来自时洛的堂弟时澈莫名的追求和已经成为富家千金的昔日孤儿院好友的陷害，让慕小满和时洛渐行渐远。而时洛背后，一个始料未及的来自最亲近的人的阴谋，正在慢慢浮现……

绝世美男团的 "男子力" 角逐　　现在开始，
选择你最喜欢的选手，去买他的代表作支持他吧！

不靠谱魔盒的真心

高傲男生VS呆萌少女

看呆萌少女如何在神秘魔盒的驱使下
一步一步成功占领男生心里重要位置

一个无所不能的魔盒，

一个可以实现你全部愿望的魔盒，
如果现在能满足你的一个愿望……
你的愿望是什么？

呆萌少女林悠悠傻傻
地问：
"魔盒魔盒告诉我，
将要成为我男朋友的
那个人会是谁？"

校园故事女王米米拉
携最新魔幻喜剧小说
《不靠谱魔盒的真心》强势回归

抹茶星光，甜蜜年华

吱，这里是巧乐吱的开年专场！

祝大家新年快乐，新年吉祥，新年如意，新年爱吃啥就吃啥，绝对不长胖！

呃，言归正传，在新年的美好开头，大家需不需要一些慰藉心灵的"小甜品"呢？

吱吱在这里诚意推荐两款超美味的"甜品"哦！

 第一款心灵甜品：
抹茶味的清新故事

 第二款心灵甜品：
糖果味的浪漫故事

《初恋星光抹茶系》

米其林甜点师vs"吃货"冷美人
因为一块抹茶曲奇谱出的浪漫甜点独奏曲

巧克力文学代表巧乐吱
重磅推出"美食忠犬系"超满分限量组合

一间只为等待你的香气咖啡屋
一位守在原地的神秘花美男
一切都只为在璀璨星光里，再次和你相遇

《糖果色费洛蒙之恋》

糖果色的梦幻甜蜜故事
迷惑人心的韩系费洛蒙式恋歌
坚守老字号糖果店的活力少女vs集团高傲的继承人
巧克力文学掌门人巧乐吱打造超浪漫的校园恋爱物语
命中注定的夹心太妃糖之恋
奇妙的心跳邂逅

茶茶的梦之狂想曲

清新少女文学作家 茶茶 倾情谱写
治愈少女的青春三部曲

第一乐章 ♪
《宝石少女的精灵幽梦》
萌系纯真少女搭档全能冰山王子
共同追踪逃跑的精灵
流光溢彩的宝石国度
不经意间的清新恋曲

第二乐章 ♪《心跳薄荷之夏》
追梦少女邂逅超级偶像
签下闪耀的百万合约
炽热青春点燃真人秀舞台
和璀璨明星擦出别样火花

第三乐章 ♪《琴音少女梦乐诗》
古琴菜鸟挑战音乐难题
天才乐手成奇葩搭档
千年琴灵高傲助阵
琴音少女的解谜之旅精彩上演

悲情女王作家陌安凉手握时光，

打造纸上残酷青春大戏：

《你让青春暗伤成茧》

你试过那样喜欢一个人吗？
像跗骨之蛆那样，不管会被憎恶还是讨厌，都缠着他。
仿佛只要你永远不放弃，他就是属于你的。

【夏婵】

大雪过后的街道，死一般寂静。
我一个人在这样的世界，走啊，走啊……
相信走到头就会好，即使现在有诸多不幸。

【莫奈】

慈悲能填补空虚，宽恕能包容罪孽。
我们背负希望，缠在宿命织成的网里。
走轮回里的定数，每一步，不偏不倚，都是隐隐的痛。

【江淮南】

心如蚕茧·步入荆棘·爱成刀刃·宿命撕扯·一场雪祭
年少的碰撞 X 青春与岁月的煎熬 X 孤独的世界

亲爱的，你后来总会遇到一个人。在无人安慰的整个青春，那些让内心煎熬过的东西都会成为你荣光的勋章。
陌安凉手执命运之线，赠你一段逝去的旧时光！
相遇·别离·破碎·伤痛
神会给那些悲伤的灵魂，抚以安息的双眸。

《你让青春暗伤成茧》内容简介：

你曾是我触手可及的幸福，
你也是我永远触碰不到的遥远，
我们被包裹在密不透风的坟场里——
挣扎、拥抱、流泪、刺伤、离散。
你让我的青春暗伤成茧，我为你一生不再破茧成蝶。

忘·情

WANG·QING

唐家小主 TANG JIA XIAO ZHU 著

在唐家小主的新书《忘·情》中，男女主角上演了一段极为纠结的恋爱，两人既是"师徒"，又有着"宿仇"。

他为她取名"涣芷熹"，意为希望她止于离散、仇恨，只留明亮与温暖。

但他忘了，"涣虞"本身就象征着分离与欺骗。

就男主角名字的意思来看，他属于六月的"香豌豆花"。

花语：温柔的回忆、再见、分离、充满喜悦。这代表甜蜜温馨的回忆。

女主角则属于十一月的"雏菊"。

花语：开朗、天真无邪、忠诚的爱、和平。此花通常是暗恋者送的花。

看了以上介绍，大家是不是很好奇自己的诞生花花语啊？

且看小编为大家一一介绍——

一月 **"樱草"**：初恋、含羞。你深藏的热情会令人融化。

二月 **"香水紫罗兰"**： 永恒的美。一位充满智慧与爱的少女。

三月 **"勿忘我"**：真爱、永不变心。代表希望与美丽。

四月 **"郁金香"**：爱的告白、幸运、永恒的祝福。代表着性感、美丽和狂野。

五月 **"三叶草"**：快乐、誓言、约定。代表着希望与幸福。

六月 **"香豌豆花"**：温柔的回忆、再见、分离、充满喜悦。

七月 **"洋苏草"**：热烈的思念。此花有种不可思议的神秘力量。

八月 **"百合花"**：伟大的爱、神圣、纯洁。此花是纯洁的象征。

九月 **"香水矢车菊"**：朴素、朴实。拥有此诞生花的人有种强烈的好奇心。

十月 **"大波斯菊"**：坚强、少女的纯真、永远快乐。此花蕴藏无尽的喜悦。

十一月 **"香豌豆花"**：开朗、天真无邪、忠诚的爱、和平。

十二月 **"风信子"**：顽固、喜悦、幸福。此花成为情侣间守节的信物。

我曾流浪在你心上

魅丽优品重磅出品

才情天后锦年倾心打造纯美爱恋

读者心目中**最纯最美**的青春时光

一扫昔日故事里的疼痛、阴霾，带你领略酸中带甜的小美好

——《我曾流浪在你心上》

她曾经骁勇无敌，单枪匹马，攻城略地，只想走进他的心里。

他干净纯粹，如山上的雪，本来是一座万年不化的冰山，却为她动了心。

阴差阳错，一场宿醉，一次意外，三年诀别。

她以为他只是她的一场妄念，因为他的决绝离开，她度过了最绝望的三年时光。

三年之后，再次重逢，他依然耀眼，身体却有了缺陷，这依然阻挡不了她燃烧了三年的爱恨。

当她准备再次朝他靠近之时，当年他离开的真相却被残酷揭开……

爱一个人要有多深刻，才能经过那么多年时光依然念念不忘？

锦年《我曾流浪在你心上》

描绘出一个酸涩却温暖，爱恨交织，悲伤尽头看见阳光的纯美青春故事。

内容简要：

一个人究竟能爱一个人多久？

从遇见骆曲白开始，她就喜欢他。

经历三年漫长的追逐战，她那一腔奋勇的倒追闹得人尽皆知、满城风雨。

他从未回应过她的喜欢，也从未给过她承诺，甚至不告而别，一走就是三年。

可是再重逢时，她看见他的第一眼就知道，骆曲白是她躲不开、逃不掉的魔障。

该喜欢的，从来就改变不了。

——骆曲白，我不知道我能爱你多久，大约赌上这一生，我也没办法把你忘掉。

《那朵青春要开花》之论自带滤镜的初次相遇

某编辑： 作为《那朵青春要开花》中最早开始"发狗粮"的一对，请问你们是怎么相遇的呢？

男生视角·冯亚星：

机场里，我正在找出口，然后呼啦啦来了一群戴着口罩、帽子，举着手牌还拿着单反相机狂奔的人。我退了两步，不小心把她撞倒了。那一刻我听到了心动的声音，特别清脆。

女生视角·郭漂亮：

我是"我爱豆个站"的前线记者，辛辛苦苦就是为了拍张好图，还特意换了高配置的相机……结果使用新相机的第一天，那个智障傻愣愣站在中间不让道，我叫他让开，他还撞倒我，当时镜头就碎了！我看到镜头渣子稀里哗啦往下掉，发出来的声音脆得我心都碎了……

某编辑： 后来呢？

男生视角·冯亚星：

后来她趴在地上看着我，眼神清澈得就像小鹿斑比。我一下子就愧疚了，立马护着她，扶她起来，跟她道歉……但她好像害羞了，红着脸就走了。

女生视角·郭漂亮：

我趴地上的时候我爱豆当时就愣住了，一脸心疼地看着我。我的天，那个眼神……我的心都要碎了！心脏扑通扑通跳得好快。我想这下子我爱豆肯定要过来扶我了……结果，那个傻瓜揪着我衣领把我拎了起来，简直像拎着一只小鸡仔！那个傻瓜还拉着我不让我走，气得我都要脑充血了！浑蛋……

某编辑： 用一个词来形容一下你们的初次相遇。

男生视角·冯亚星：

怦然心动吧！

女生视角·郭漂亮：

生无可恋……

某编辑： 看来两位还是有一个相当难忘的初次相遇呢！

冯亚星脸含羞涩&郭漂亮无可奈何： 那当然啦！

慕夏 新书《那朵青春要开花》驾到

一个是古灵精怪的追星族，为爱痴狂，身陷流言之中。
一个是自闭的"中二"少女，遗世独立，封闭自己。
一个是"绝世"高手，隐瞒实力，躲躲藏藏。
深陷流言，她们要如何打破？
与众不同，是坚定自己还是放弃？
对的时间，恰好遇到，那个他是否是对的人？
请看慕夏搞怪新作《那朵青春要开花》！

春有桐花冬有雪

路过苏轻心生命中的三个少年

·魏然

——亲爱的轻心，永远不要对别人掉以轻心。

他是她年少时心底的柔软与温暖。他满载桐花而来，身披冬雪而去。他爱她至深，一辈子也忘不了。可是一辈子的羁绊，最终溃散成泥泞。

·张以时

——苏轻心啊，别哭了，别害怕。

他是苏轻心绝望时的守护神，永远装作事不关己，却又对她极尽维护。他守住了这个世界上无人知晓的秘密，永永远远地消失在那场大雨之中。

·池越城

——你真的没有爱过我吗，哪怕一点点？

池越城永远不知道，苏轻心曾对他动过情。只是动情和动心是完全不同的概念。可是，他们注定无法白头到老，即便他是唯一一个拥有过苏轻心的人。

那个重见光明的女孩，

走过下满白雪的小道，轻轻吟唱：

春有桐花，幸而你在旁。

冬有雪花，最好你在场。

《冬天该很好，你若尚在场》
可你不在场

西小洛 作品

林深见鹿，鹿有孤独

锦年 著

【林深小剧场】

前言： 令余南笙没想到的是，两年之后，换了新的城市、新的工作环境之后，自己竟然又落到沈郁希的"魔爪"中。一想到自己刚进报社那段"不堪回首"的日子，余南笙的心里就禁不住打了个冷战。而更令她想不到的是，她工作之后的第一个任务竟是访问刚刚从战地回来的沈郁希。

访问彩排中：

余南笙（好奇脸）：沈老师都去了哪些国家啊？（内心：这可能是一次报仇的好机会！）

沈郁希（面瘫）：很多。

余南笙（继续好奇脸）：有什么经验能和我们这些普通新闻工作者分享的？

沈郁希（继续面瘫）：没有。

余南笙（尽力掩饰尴尬）：那……沈老师，你得知自己获得最佳新闻人奖时心情是怎样的？

沈郁希：实至名归。

余南笙（微笑脸）：沈老师在做战地记者的时候遇到了什么特别的人吗？（内心：沈郁希，你一定是故意的！再不配合点，我要掀桌子了！）

沈郁希（看了一眼余南笙的表情，努力憋笑）：特别的人没有，但经常会想一个人。

余南笙（脸微红）：那有没有遇到过很危险的情况？（内心：啊，在说我吗？）

沈郁希：有啊。

余南笙：所以你这次是打算回归平淡，不再过枪林弹雨的生活了吗？

沈郁希微微一笑，直直地看着她。

沈郁希：想着如果我受伤一定有人会担心得要命，我不想再让她担心了。

余南笙（假装一本正经）：我想，网友们一定想知道，这位令沈大记者魂牵梦萦的人究竟是谁。

沈郁希（弯了弯唇角）：这个嘛……无可奉告。

余南笙：啊，沈郁希，你别跑！我还没问完呢……

沈郁希起身拿了瓶可乐，然后回了自己房间，表示并不想再进行这样毫无营养的访问。

而余南笙一怒之下，打开超市购物袋，打算把沈郁希准备晚上看球吃的零食全部消灭。